蓮實重彦

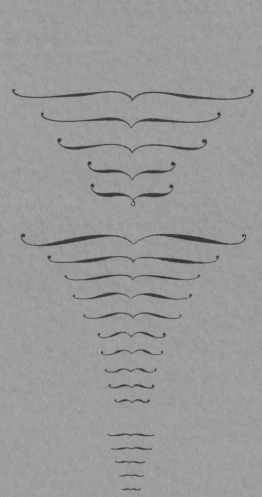

言葉はどこからやってくるのか

青土社

言葉はどこからやってくるのか　目次

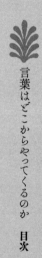

I

装幀に使用した図版は、
ジャンバッティスタ・ボドニ
(Giambattista Bodoni, 1740–1813)が著した
『MANUAL TIPOGRAFICO』から、
ブレースやメントなどと呼ばれる約物類。

à Chantal

1

三島由紀夫賞受賞挨拶

聴衆を前にしてマイクを握ると何を口走るか分かりませんので、あらかじめ準備しておいた文章を、しめやかに読みあげさせていただきます。

あらゆる年齢にはそれにふさわしい果実がみのるものだと述べたのは、レイモン・ラディゲ Raymond Radiguet だったと記憶しております。肝心なのは、それを摘みとることができるか否かにかかっている、と彼はつけ加えていたと思いますが、かりにこのモラリストめいた箴言を信じるなら、いま耳にしたばかりの川上弘美さんの爽やかなお言葉から、八十歳のわたくしがみのらせた果実も、しかと摘みとられたのではないかと錯覚しそうになります。しかし、わたくしは、それほどあつかましくもなければ、破廉恥な人間でもありません。みずから書いたものの限界ぐらいは、充分すぎるほど心得ているつもりだからです。そもそも、『ドルジェル伯の舞踏会』の作者ラディゲは、一世紀近くも前に二十歳で夭折しており、その四倍もの歳月を生きてしまった蓮實重彥といううきなくさい日本の老人のことなど、想像すべくもない存在だったのです。

では、多少とも面識のあった老齢者の言葉に助けを求めてみるとどうなるでしょうか。例えば、晩年のロラン・バルト Roland Barthes は、年齢をかさねるにつれて、ますます自分の気に入ったことしかしなくなった、と述べております。六十四歳のバルトが「自分の気に入ったこと」しかしなくなったというのなら、八十歳のわたくしが「自分の気に入ったこと」として『伯爵夫人』を書いてしまったことも、許されて当然だといえるかも知れません。ところが、そう宣言したバルトにとっての「自分の気に入ったこと」とは、あるパーティーをひそかに抜け出すといった程度の、ごくつつましいものにすぎません。だとするなら、わたくしには、バルトより遥かに大胆に、「自分の気に入った」ことにかまける自由が保証されているのでしょうか。

晩年のバルトにとって、小説の執筆は、あくまで構想の段階にとどまるものでした。ところが、平成日本においては後期高齢者と蔑視されているこのわたくしは、「自分の気に入ったこと」を、アンドレ・ジッドAndré Gideの定義による«une nouvelle»、すなわち「中編小説」として書いてしまいました。はたして、それは大胆な振る舞いなのでしょうか。それとも、バルトのいう«l'arrogance»、すなわち「厚顔無恥」なものでしかないのでしょうか。ことによると、「厚顔無恥」でもいっこうに構わぬという開き直りのようなものが、わたくしの「気に入ったこと」だったのかも知れません。いずれにせよ、『伯爵夫人』が、大江健三郎氏のいう静穏な「晩年様式」の範疇にはとてもおさまりがつかぬものであるとだけは、自覚しているつもりです。

ここで、いささか唐突ながら、マルクスMarxとフロイトFreudの正しさに触れねばなりません。社会的な水準においても、また個人の水準においても、人は決して「自分の気に入ったこと」を貫徹できるものではないと実感するしかなかったからであります。確かに、わたくしは、「自分の気に入ったこと」として書きあげたテクストを矢野編集長にお見せし、氏のご英断によって雑誌『新潮』に発表することができました。そこまでは、「自分の気に入ったこと」のなりゆきをひたすら楽しんでおりました。しかし、その「中編小説」が三島由紀夫賞の候補となり、あろうことか受賞までしてしまった瞬間から、「自分の気に入ったこと」とは浄く訣別せねばなりませんでした。マルクス主義者でもフロイト主義者でもないわたくしは、八十歳にして、この過去の賢人たちの思考の決定的な正しさを認めざるをえない立場に自分を見いだすしかなかったのであります。

この授賞式（贈呈式？）が、「自分の気に入ったこと」でないのはいうまでもありません。それは、どこかしら「他人事」めいており、この場は「どこでもない場所」を思わせもします。しかし、あたかもそれが「自分の気に入ったこと」であるかのように振る舞う才覚は、わたくしにも多少はそなわっております。そこで、審査員の皆さまを初めとして、このテクストをわざわざお読み下さったすべての方々に、複雑な思いのこもった感謝の言葉をさしむけさせていただきます。とりわけ、雑誌『波』に書評をお寄せ下さった瀬川昌久、筒井康隆、黒田夏子（年齢順）のお三方のお言葉は、心に浸みるものがありました。ただ、教師根性からひとことつけ加えさせていただくなら、筒井さんがいかにも旧帝国ホテルにふさわしいものとして引いておられた「焦げたブラウンソースとバターの入りまじった匂い」という一行は、フローベールの『ボヴァリー夫人』からの正確きわまりない引用にほかなりません。かくのごとく、『伯爵夫人』は他人の言葉の断片的な引用にみちみちており、この式典がどこかしら「他人事」めいて見えるのも、そうした理由によるのかも知れません。

これから、あたりには、誰に向けたともしれぬ感謝の一語がむなしく響くことになりましょうが、それがわたくしの口から洩れたものだと証言しうる男女は、この「どこでもない場所」には、一人として存在していないはずだと信じております。ありがとうございました。

（二〇一六年六月二四日）

2

小説が向こうからやってくるに至ったいくつかのきっかけ

——第二九回三島由紀夫賞受賞記念インタヴュー

――三島由紀夫賞の受賞記者会見で、作品が「向こうからやってきた」と語られたのが印象的でした。「伯爵夫人」という小説がやってくるに至ったきっかけを中心にうかがえればと思います。

蓮實　さまざまなものがいきなり弾け始めてこちらにやってきたのですが、もともとあったのは、大学の学部時代に読んだアンドレ・ブルトンが『シュルレアリスム宣言』（一九二四）のなかで言及しているポール・ヴァレリーの言葉でした。つまり、散文のフィクションの敵ともいうべきヴァレリーは、「侯爵夫人は五時に家を出た」という一行を例に、「散文のフィクションはこのように凡庸な言葉からなっている」といったというのです。

それが本当にヴァレリーの言葉かどうかはわかりませんが、その点をめぐっては、クロード・モリヤックが彼なりに反論を試み、『侯爵夫人は五時に家を出た』（一九六一）という小説をヌーヴォーロマン風に書いているのですが、これはまったく面白くなかった。それを読んだとき、「俺ならもっとうまく書ける」とまでは思わなかったにせよ、「これは違うんじゃないか」と思い、考えこんでしまいました。以来、ずっと「侯爵夫人」という言葉が頭の中に渦巻いていたのですが、それがさまざまな過程を経て、「伯爵夫人」へと変わっていったのです。なかでも、淀川長治先生が、山田宏一さんと三人で話していると、わたくしのことを「この人はカラムジンだから。偽伯爵だからね」と盛んにからかっておられたのですが、その命名を大変誇りに思っていました。カラムジンとはエリッヒ・フォン・シュトロハイム監督の『愚なる妻』（一九二二）で、シュトロハイム自身が演じた破戒無慙な偽伯爵なのです。

こうして、ヴァレリーの「侯爵夫人」が、自分のなかでいつのまにか「伯爵夫人」の方に傾いていったのですが、それで小説の構想がまとまるわけではなく、ごく最近のものでもあれば、かなり遠い過去のものでもある三つの出来事がどうも重なりあっているような気がします。

一つは去年、三島由紀夫と同級の一九二四年生まれで、いまもお元気なジャズ批評家の瀬川昌久さんとお話ししたことです（河出書房新社刊『瀬川昌久自選著作集』に大谷能生氏を交えた鼎談を収録）。一九四一年十二月八日、真珠湾攻撃がなされた夜、「大学受験の勉強に疲れまた戦争の将来を思いあぐんで混乱した頭を、しばし癒さんものと」、自室にこもって「愛聴」のトミー・ドーシー楽団による「Cocktails for Two（愛のカクテル）」のレコードを派手にかけられたら、ご両親から「今晩だけはおやめなさい」とたしなめられた（笑）。「ということは、『今晩以外』にはアメリカの音をきいておられたんですか」とお尋ねしたら、「ずうっときいてましたね」と悠然と答えられたので、戦前の日本はこうした強者を生みだすほどに豊かな文化的な環境だったのだと深い感銘を覚えました。「伯爵夫人」には日付はでてきませんが、開戦の日の晩という記述や、二朗が大学受験を控えているといった細部は、そこからきていると思います。それに、「姦婦と佩剣——十九世紀のフランス小説『ボヴァリー夫人』を二十一世紀に論じ終えた老齢の批評家の、日本語によるとりとめもないつぶやき」（「新潮」二〇一四年八月号）で書いた山田爵先生の青年時代の記憶が混じりこんでいるかも知れず、二朗はわたくし自身より十歳以上も年上の人物として設定されています。

二つめは、ほぼ同じ頃、ふとタクシーに乗ったところ、かなり老齢の運転手さんから「（昭和）十五年辰とお見かけしますが」と突然いわれたことがあります。彼は「あっしは十三年寅ざんす」と。それで「残念でした。十一年子です」と答えたところ、「こりゃあおみそれしました」と、ちゃきちゃきの江戸弁なんです。それで話が盛り上がり、いかに戦時中のことを人々は知らないか、いちばんひどいのは戦争が終わってからであり、それと比べれば、普通に生きていた人間にとって戦時中というのはさほどひどいものではなかった、と車中で語り合いました。そして、戦後に疎開地で彼の母上が被った苦労話を聞かせてくれたのですが、そのとき、漠然とながら「書くとしたら戦前だな」と思ったとまではいいませんが、戦前から戦中にかけてのことが何か気になっていたのは確かです。

そして三つめですが、これは登場人物の赤毛のキャサリンという女性に関係があります。一九六二年九月、フランス政府給費留学生として、フランス郵船ヴェトナム号に乗って横浜を発ったのですが、見送りにきてくれた友人の知人という女性がたまたま同じ船に乗っていて、彼女はドイツ人と結婚するために欧州に行くのだという。そこで、東大の先輩の方とわたくしとで、彼女に悪い虫がつかないようにお守りをしていました。そうしてシンガポールに着いたのですが、そこにやってきた女性の知人の知人というのが、海峡対岸のマレーシアのサルタン（イスラム王侯）の兄弟なんです（笑）。で、その連中に「今夜は俺たちとジョホールバルまで行ってひと晩すごそう」と流暢な英語でいわれ、サルタンの乗ってきた高級車で狭い海峡の橋をわたっていくと、怖そうな警官が「こいつらはマレーシア入国のビザを持ってない」という。ところが、サルタンのひとりが、"I guarantee!"（俺が保証する）っていってあっさり国境を通れちゃいました（笑）。ホテルでたくさんの料理をご馳走になり、夜遅くなってからバーにいったところ、当時二十五、六歳の私の目には大層美しいと思えたヨーロッパ系の赤毛の女性がピアノを弾いており、そのうちにジョン・フォードの『リオ・グランデの砦』（一九五〇）で使われた“I'll Take you home again, Kathleen”（故郷まで連れて帰りますよ、キャサリン）を歌いはじめた。その映画で、ジョン・ウエインと別居中の女性「キャサリン」役を演じていたのがアイルランド系のモーリン・オハラ。そこでピアニストに「あなたはアイリッシュか」と聴いたら、「そうですとも」と彼女は胸を張って、もう一度“I'll Take you home again, Kathleen”を歌ってくれ、いたく感動した記憶があるのです。本当はアイルランド民謡ではないのですが、当時のわたくしはそう誤解しており、しかもフォードの作品で聞き覚えたメロディーがジョホールバルで歌われていたことに深く胸をうたれたのです。もう半世紀以上も昔のことですが、その赤毛のキャサリンが「伯爵夫人」に出てきてしまいました。そのキャサリンに「伯爵夫人」がマレー半島まで会いに行くエピソードも用意されていたのですが、あまりに煩雑すぎるのでオミットしてしまいました。

ですから、ある意味ではわたくしの個人的な体験が――もちろんその通りに書いたものはひとつもありませんけれども――ある種のフィクション化をこうむって、向こうからやってきたといってよいと思います。

——『随想』（二〇一〇）のなかで書かれていることですが、昭和二十年一月の空襲では、六本木の蓮實少年をめがけるように日本軍機が墜落した。その時の心象を「恐怖とはいささか異なる何とも処理しがたい時間感覚の揺れ」「見てはならぬと禁じられていたものをふと目にしてしまったかのような罪悪感」等と表現されています。この体験がもし〈かろうじて保たれているあぶなっかしいこの世界の均衡〉にかかわるものならば、小説がやってきたきっかけのひとつに含まれるのではないでしょうか？

蓮實　それは充分に含まれると思います。『随想』には、あとほんのちょっとでフィクションとなりそうなぎりぎりのところで、かろうじて批評の側に踏みとどまったテクストが多く含まれていました。それに、わたくしの書いた小説のほとんどすべてに戦争のことが出てきています。だから、戦争はわたくしにはかなり大きな体験だったといえると思います。映画を見て歩く二朗の姿に青年時代の蓮實が投影されているのではないか、などといった記者会見での質問とはまったく別の意味で、ここではわたくしの体験したことしか書いていないともいえるのです。

そういえば、「群像」の創作合評でどなたかが、二朗が人力車に乗っていることに、「一九四一年の東京だったらまずタクシーですよね」といっておられましたが、当時自宅に往診してくれる医者は全員人力車に乗っていました。祖父も出勤は人力車でした。もちろん、タクシーにも乗りはしました。たしかシトロエン製のものだと思うのですが、前の座席とうしろの座席の間に、床から持ち上げると椅子になって座れるものがあって、それを家族は「ストラポンタン」と呼んでいたのですが、フランスに留学したら、劇場の補助椅子が strapontin というもので、ああ、子供のときにフランス語と知らずに使ってたんだ、と思いました。

それからもうひとつ、これは書き上げてからの捏造された記憶ではないかと思ってるのですが、二朗の従妹の「蓬子」にモデルがいるんです。わたくしがフランスで知り合った、エコール・ノルマル・シュペリユール（高等師範学校）をこれから受験するという、美しさとは違うけれども、途方もなくかわいらしくて、「この女には手を出してはいけない」と自分に言い聞かせた十五歳の女性が、どうも蓬子に似てる。そう思っていたら、彼女がつい最近、突然メールをくれて、ついこの間、会ったんです。東大に問い合わせたら個人情報は差し上げられないと断られ、日本人の何人かに尋ねてようやくわたくしにたどりついたらしいのですが、ついせんだって、四十年ぶりくらいに東京で会うことができました。そしたら、わたくしが「小説」を書いたことも知っていて驚いたのですが、彼女には立派なご主人がおり、パリ近郊の高校でのラテン語教師を引退したばかりの彼女は、銀髪の髪を除けば昔とまったく変わっていなかった。二朗は蓬子に手をつけてはならないと言い聞かせているわけですが、そのもとには捏造された記憶としての彼女の存在があったのではなかろうか、と思い始めているのです。わたくしは彼女の兄貴と仲がよかったのですが、その兄貴と会ってる時に、偉そうにボードレールの詩を延々と暗唱したら、彼女がいたく感激して、それから彼女と親しくなったのです。

彼女とは、エコール・ポリテクニック主催のオペラ座での舞踏会に行きました。その頃、タキシードなど持っていませんから、町の貸衣装屋で借りて勇んで約束の場所にいったら、その日のエコール・ノルマルの体育の授業で、彼女は転んで足を捻挫してしまったという。彼女は足に添え木をあて、それをイヴニング・ドレスで隠して、一緒にオペラ座に行ったのですが、とうてい踊ることなどできません。でも、舞踏会の日に足を挫いてしまうなんて、なんとなく蓬子みたいでしょう（笑）。ですからいたるところにわたくし自身の記憶がちりばめられているんですが、私小説ではまったくありません。

記者会見でも申しましたが、作中に出てくる「ぱふりぱふり」という回転扉の音は、自宅にあった中村書店の漫画『不思議な国　印度の旅』（旭太郎作、渡辺加三画、一九四一）のある場面からで、天井に取り付けられた布が上下に動いて風を送るインドの扇風機の音です。子供時代以来、七十年以上も目にしていなかったのですが、どなたかが記者会見でのわたくしの発言に触発されて、瞬く間に問題の漫画を見つけ出し、その「ばふりばふり」のページをその夜にはインターネットにあげてくださった。あの記者会見も無駄ではなかったようで、これは心に浸みました。そこに出てくる男の子ふたりのうち、ひとりはメガネをかけていたと記憶していましたが、そうではなかった。

――過去に二度、小説『陥没地帯』『オペラ・オペラシオネル』（初出一九七九／一九九四）を書かれた際も、突然小説がやってきたのですか？

蓮實　まったく予期しない形で突然でした。でも今度の小説の「十二月八日」なんて、あざといといえばいかにもあざとい発想でしょう（笑）。過去の作品にはそういうあざとさには行きつかない潔癖さがありました。過去の二作も「伯爵夫人」のように書こうと思えば書けないわけではないものだったのですが、文体へのこだわりがかなり強い時期ですから、そうしたものは全部排除してしまいました。なお、真珠湾攻撃のニュースが載った夕刊は十二月九日付けとなっていますが、当時の新聞の夕刊は翌日付けのものとなっており、この習慣は戦後まで続きました。その事実を知らず、問題の新聞を見つけて、この作品のできごとを十二月八日のことと勘違いされてはたまりません。事態は、あくまで大戦前夜の十二月七日に起こっているのです。

――「平岡」という主人公と同窓の男が「ひたすら文士を気どるあの虚弱児童」として登場しますが、記者会見で三島由紀夫に関する質問はありませんでした。『夏目漱石論』（講談社文芸文庫）の年譜では一九四九年、学習院中等科一年生のときに「同窓の三島由紀夫の『仮面の告白』などを読み、その運動神経のなさを軽蔑する」とあります。

蓮實　『仮面の告白』（一九四九）をはじめて読んだときに思ったのは「これなら俺にも書ける」でした（笑）。実際、三島の小説はどこか素人じみており、真の小説家だとはいいがたい。ただし、三島の戯曲はなかなかのもので、あきらかに小説より面白い。『白蟻の巣』（一九五六）など、雰囲気がどこかしら「伯爵夫人」に似ているかもしれません。

三島の運動神経のなさが、わたくしにはまったく理解できませんでした。それは、想像力の不在というより、より高度の身体的な感覚の問題です。例えば、中学で陸上競技部に入り、円盤投げで新宿区で優勝したのですが、よく飛んだ円盤が指にはじかれる感覚は、どこか言葉と存在の関係に通じるものがあり、それを知らずにどうして言葉が書けるのかが、よく分からなかったのです。ちなみに、わたくしは東京都の大会にも出場しました。自分の名前が呼ばれるまで、競技場の木蔭の草原に寝っ転がって、飯島正の『フランス映画』(三笠書房)――表紙カヴァーは女優のダニエル・ダリュージャなかったかな――を読んでいました。ところが競技が終わって戻ってきたら、風で飛んだのか誰かが盗んだのか、その書物のカヴァーがなくなってたことを鮮明に記憶しています。その日は平日で授業中だったのですが、わたくしだけ体育の先生に連れられて競技場に赴いたのですが、先生から「これを飲め」って勧められたのが、小ぶりのコップになみなみとつがれたマムシ酒(笑)。まさにドーピングをしてしまい、東京都では五位でしかなかったのですが、そんなことをやっていましたから、三島的な虚弱児童の屈託はどうにも理解できなかった。というより、運動神経のない人に文章が書けるとはどうしても思えないのです。

ただ、『仮面の告白』に「下司《げす》ごっこ」というのが出てきます。支配―被支配の関係のなかで男同士が男根や睾丸をつかみ合うというもので、戦後の学習院にもこの習慣は受けつがれていました。ですから、わたくし自身も何度か局部を揉んだり揉まれたりしたものですが、これは「伯爵夫人」の金玉潰しとどこか関係あるのかな、という気はしています。そういえば、

『仮面の告白』の主人公がはじめて娼婦のもとを訪れる場面で、娼婦が「だめよォ。紅がついちまふわよォ。からすんのよォ」と接吻の仕方を教えますが、この旧仮名の「からすんのよォ」を今回どこかで使ってやろうと思っていたのですが、使いきれませんでした。

書きながら、たくさんのかつて読んだものの記憶が招き寄せられたのは事実です。「伯爵夫人」に菊の御紋章入りの靴下が出てきますが、あれはわたくしの記憶では武田泰淳の小説にあったはずなのに、どの作品だったのか思い出せません。どなたかが「それは泰淳だ」と指摘してくれたら嬉しいなあという気持ちがあるのです。映画であれば、さまざまな記憶が共有され継承されていますが、文学ではそうでない。例えば、小津や溝口の作品を知らずに映画など語れないはずですが、小津や溝口よりはるかに若い泰淳のことを知らなくとも文学は語れるはずだと思われている。その違いは、だいぶ前に言いましたけれど、文学には淀川長治さんがいなかった、ということだと思います。

――印象的な川での戦場場面は、何を招き寄せながら書かれたのでしょうか？　リアルな戦場を描いているようでいて、戦争映画のように虚構めいてもいました。

蓮實　川は書こうと思っていました。比較的よく書けたのではないかと自負しているところです。「森戸少尉」の名がどこから来たのか、もしかしたら大正時代にクロポトキンの無政府主義を論文に書いて東京帝大に大問題を起こしながら、終戦後には文部大臣になった森戸辰男から来たのかもしれません。あと、両軍の兵士たちが対峙しあう鉄条網は、いろんな映画からの記憶です。「もつれあうように張りめぐらされた鉄条網をはさんで対峙しあい」というところなど、最近ではスティーヴン・スピルバーグ監督の『戦火の馬』（二〇一一）がやっているものです。

――重要な装置であるドロステのココアの缶や回転扉はいかがですか？

蓮實　五歳か六歳のとき、ドロステのココアの缶の絵柄をはじめて見たのははっきり覚えています。家には常備されていましたし、疎開するときには、皆さん持っていかれたんじゃないかな。ただし、ドロステの缶の絵は無に向けての無限連鎖ではなく、尼僧が画面の外――伯爵夫人はそれは「戦争にほかならぬ」というわけですが――に向ける視線によってその動きをきっぱりと断ちきっているところが怖いのだと気づいたのは、ごく最近のことです。

さて、回転扉はどこから来たのか……。「帝国ホテル」という固有名詞は一度も書いていませんが、帝国ホテルとその周辺の地形などはけっこう正確に書いているつもりです。帝国ホテルからやや離れた内幸町の交差点の脇には、日本放送協会のビルがあったので、これはあらゆる人が知っている地名でした。内幸町の交差点と赤坂のアメリカ大使館をむすぶ途中に、アメリカン・ベーカリーというお菓子屋さんがあって、その店内でわたくしたち子供を幼稚園に連れていく母たちが「珈琲が出なくなったのよ」といって驚いていた記憶があります。珈琲のかわりに昆布茶しか出なくなった、というのです。

――タクシーの運転手と「いかに戦争中のことを人々が知らないか」を語り合われたとのことでしたが、蓮實さんにとって戦前、戦中の幼年期の記憶は幸福なものなのでしょうか？

蓮實　幸福というよりも、たしかにある豊かさがあったという記憶があります。その豊かさはごく限られたものでしかなかっただろうということもわかるのですが、戦前の帝国ホテル（フランク・ロイド・ライト設計）のこともよく覚えていますし、そこには映画が上映される演芸場が間違いなくあったはずです。そこに立ちこめていた雰囲気の豊かさに相当するものがいまどこかにあるかといえば、ないというほかありません。それから、地下のお茶室を出たところにある地下二階のビルは、いまはもう存在しない三信ビルを想定しています。公園とあるのは、日比谷公園ですが、そこに通じるホテル脇の細い道に瓦斯灯が点っていたか否かは、確かではありません。

確かでないといえば、「魔羅切りのお仙」なんて書いちゃっていいのか、これは大いにためらいもしましたが——そんな名前を使わなくても書けるはずなので——エイヤと書いてしまいました。書いているときはある種の楽しさがありました。高級なユーモアかどうかはともかく、笑って頂ける場面も少なくなかったはずですが、会見にいらした記者の方々が作品をどう読まれて、どう楽しんでくださったのか、それとも苛立たれたのか、最後までわかりませんでした。個人的に頂戴したお便りからすると、思いもかけぬことに、多くの女性の方々が楽しんでくださったようです。

実は「伯爵夫人」を書きながら、その続きとして、終戦直後から一九六〇年代までの話を考えなかったわけではないんですが、まあ、それを書くことはないでしょう。小説は、あるとき、向こうからやってくるものですから。

聞き手：『新潮』編集部

3

せせらぎのバルト

出会い

バルトについてこれから述べることが、はたして彼についての証言たりうるものかどうか、あまり自信がありません。というのも私にとってバルトは、また私がバルトとともに生きえたごく短い時間そのものが、すでにどこかフィクションめいたものになっているのです。どうしてそうなったのか。ひとつにはどこかで彼が自身の意図を超えてある種のスター性におさまってしまったということと、もうひとつは、バルトが私の書いたものをはたして受け止めてくれるのかどうか、それについての確信のもてなさがあります。これは仮に彼が日本語を読むことができたとしてもそうだろうと思いますが、フローベールについての短いフランス語の文章は、どうやら気に入ってくれたようでそんな葉書をもらった記憶があります。じつは私の『監督 小津安二郎』は、そうとは意識されていませんでしたが、どこかで彼の『記号の帝国』にさからって書かれていたものです。そのフランス語訳の出版は彼の死後かなりの時間がたってから出ているのですが、彼が生きていたとしてもこれを読んで好んでくれたとはどうも思えない。それはバルトと私のあいだの知的な接触がどこか抽象的なものにとどまっていたからですが、しかし、その抽象性自体がもつフィクション性には奇妙に濃密なものがありました。

フランスに「永遠の作家叢書」というものがありまして、私が学生時代に——当時仏文科の助手だった清水徹さんが教えてくださったのだと思いますけれども——、その中の二つに良いものがあるということを知りました。ひとつがベルナール・パンゴーの『マダム・ラファイエット』、もう一冊がバルトの『ミシュレ』だった。その記憶そのものがごく曖昧で、清水さんがどこで、どんな状況のもとにそういわれたのかさえ憶えてはいないのですが、いまでもバルトの『ミシュレ』を手にするとふと清水さんの顔が浮かんでくる。たとえそれが勘違いだったにしても、そのイメージを払拭することはできないのです。

学生時代からいわゆる「テマティック」批評が好きで、バルトの『ミシュレ』の導入部における「偏頭痛」をめぐる記述や、ジャン＝ピエール・リシャールの『フローベール』の導入部における「暴飲暴食」をめぐる記述など、いまでも暗記できるほどです。物質の想像力的な視点からのいわゆる「マティエール」の読み方が魅力的で、バルトは私とのインタヴューで『ミシュレ』を書いた時にはバシュラールの著作を一行たりとも読んだことがなかったといってましたが（初出「海」一九七三年四月号、後に『批評あるいは仮死の祭典』せりか書房、一九七四年に収録）、字引を引きながら読んでいる私にとっては何とも格好が良かった。『零度のエクリチュール』のような、どちらかというと理論的な——私は理論的であるとは思いませんが——ものよりは、彼が実際に他人の文章に触れ、その前でうろたえつつ、自分自身で何とかフィクションとしてではあれ統一感を作り出そうとしている。そのことに強く惹かれていたのです。

バルトを迎える

しかし一九六二年に私が最初にフランスに行った時、博士論文の執筆にあたって、私は「ひよった」のです。「ひよった」というのは、つまりリシャール的なものでもバルト的なものだけでも、当時のソルボンヌでは論文が書けない。指導教授のリカット先生は「ヌーヴェル・クリティック」にも深い理解を示す開かれた知性の持ち主でしたが、論文審査にあたる他の教授のことを考え、ある程度は控えめにといったニュアンスで草稿を読んで下さいました。実際、審査員の一人は反動きわまりない人で、リカット教授はその人と審査の席で論戦まで交えて下さったのですが、当時のパリ大学文学部は、いまからでは想像しえないほど保守的でした。というわけで一時は「テマティック」な批評から意図的に距離を置いていたのですが、ちょうど論文を仕上げた頃にバルト＝ピカール論争が起こり、その時に一挙に自分自身をバルト派に位置づけたのです。時代はやはりバルトだという予感もありました。しかし、彼がフランスでスターになる以前に私は後ろ髪を引かれるようにして日本に帰ってきたのです。

ところが帰ってくると、東大文学部でバルトの講演があるという。正直、いいんだろうかと思いました。先生がたには「バルトとは誰だ」という調子で、一応説明はしたのですが、例えば東大文学部で彼に講演を依頼するとなると、彼はパリ大学の教授ではないからマズイとかいろいろと問題が出てきまして、彼は正式には「高等学術研究所、研究主任」なのですが、最終的に私がこれを「教授」と訳して書類を整え、それをもとに教授会を通したのではないかという記憶があります。ですから東大文学部からの案内にも「パリ大学附属高等学術研究所教授」と記されているのです。

当時、東大文学部には稲生永さんと私の二人の助手がいたのですが、稲生さんは写真撮影に徹し私は一応は彼のものを読んでいましたので、お前が通訳をしろということになり、羽田空港に彼を迎えに行きました。そこにやや疲れた表情のバルトがぬっと現れたのが、間近でバルトを見た最初です。間近というか、まさに「こんにちは」「さようなら」といって握手をしあえる距離ということです。ところがその後のバルトの記憶はまったくなく、たぶん、彼は当時日仏学院の院長だったモーリス・パンゲのちっぽけな車で宿舎の日仏に向かったのではないかと思う。こちらは、なぜか六本木で豪華なフランス料理を食べた記憶があります。多分、慶応の白井浩司氏が羽田から車を運転されて六本木にまわり、ご馳走して下さったのではないかと思います（笑）。まだ六本木が珍しかったころのことです。

文章を走らせる

なぜバルトに惹かれたのかといえば、先ほども申し上げましたように「テマティスム」というものもあったのですが、我々外国人には、彼の形容詞の使い方が、途方もなく魅力的だった。形容詞と、形容詞に関わってくる名詞、例えば一番最初に「偏頭痛」という名詞があり、それにまつわる形容詞がさまざまなかたちでそれを修飾する。それが何ともスリリングでした。サルトルにもそのような「柔らかいもの」「ぬるぬるしたもの」という物質の存在形態が問題になっていたのですが、サルトルの眼差しはそのことの存在性の方に行って、文章そのものを走らせる方向には行かない。それがサルトルへの不満だったのですが、しかしバルトはそれを文章として走らせてくれた。それが私にとってのバルトの最大の魅力でした。『零度のエクリチュール』などはそれほどでもなく、やはり『ミシュレ』が圧倒的でした。

しかし、六〇年代の前半、バルトは本当に誰にも知られていませんでした。ピカールとの論争が起きるまではパリでもそうでしたし、ましてや東京では、一部の人をのぞいては無名といってよかった。それでも東大が彼を呼んだのはやはりモーリス・パンゲがいたからだと思います。またフランス政府は、いま輝いている人を外国に送り出すという一種の文化の行商制度のようなものをするのが巧いし、そのどちらかだったのでしょう。

私が通訳をしたのは東大での講演で、これは手元の資料によれば、一九六六年五月十日火曜日の午後三時から、当時の法文系三六番教室で行われたものです。一連のセミネールは、二十日から二十七日までの土曜と日曜とをのぞいた五日間、日仏学院で夕方の五時から行われたと記録に残っていますが、薄暗くなってから窓のない教室で、いつも一、二時間ぐらい行われたという記憶があります。セミネールで彼が話していたことは、『物語の構造分析』としてその年の秋に「コミュニカシオン」に掲載される論文の内容を要約したものでした。『ジェームズ・ボンド』や『純な心』などを題材にして行われたのですが、当時フランスから帰ってきたばかりの威勢のよい人たちがいて、阿部良雄さんが何を問題にされたのかは記憶にありませんが、いまの話は矛盾していないだろうかと疑問を呈すると、バルトがそれは正真正銘の矛盾というものだとそれを素直に認めたことを鮮明に記憶しています。あとはただ、無理な姿勢でバルトの言葉に耳を傾けていたのか、それとも睡魔に襲われたのか、いきなり椅子からころげ落ちた人がいたことを強く覚えています（笑）。バルトがその淀んだ声を一瞬のみこみ、あとは抑えた笑いがあたりに伝わっていったのですが、机と椅子が一緒になったもので、床が少し滑りやすかったこともあったのでしょう。しかも、バルト・セミナーの椅子転落事件の主役の方が、どちらかというとピカール派の人だったので、あれは天罰だという人もいたりしました（笑）。当時の日本では、バルト派をバルチック艦隊、ピカール派をピカレスク軍団などと呼んでいたのですが、バルト面前におけるピカレスク軍団の転倒というそんな珍事件もありました。セミネールはいまの日仏学院の「エスパス・イマージュ」があるあたりの講堂のようなところでやった記憶があります。バルトの声が、疲労からなのか、濁って淀んだ何かで覆われた声だという印象が強く残っています。

バルト自身が実際に日本に来たわけですけど、そう簡単に「これからはバルトの時代だ」と喧伝されるような雰囲気にはならなかった。というのは我々の中にまだ「緊張関係」というものがあったからだと思います。バルトだけではいけない、ピカールも必要だという緊張関係ですね。バルト＝ピカール論争それだけを見ればバルトの圧勝なわけで、ピカールの文章は消え、バルトのものばかりが残っているのですが、しかしピカールが代表しているソルボンヌ的な研究方法を全員が否定するような動きになっていたかというと、そこまでにはなっていなかったと思います。

バルトとゴダール

ちょうどバルトが来たのと前後してゴダールも日本に来ていました。ゴダールはたまたまその時に東京であるフランス映画に出演中だったマリナ・ヴラッディにご執心で、次回作の出演交渉のためだとか、いろいろいわれていましたが、来日の正しい理由はまったくわかりません。ただし、ゴダールが来ているあいだに、世田谷の誰かのお宅に行った時に、なぜかそこで『アルファヴィル』の話になって、「バルトは反動的だから私の『アルファヴィル』に出なかった」というようなことをゴダールがポツリと洩らしていた記憶があります。あのアルファ何とかいうコンピューターの声を、バルトの声にして、彼自身にも出演を依頼して、断られたというのが真相らしい。そのことをバルトに訊いてみると、「ゴダールは反動的だから記号や情報に関してあのような反動的な態度しかとれなかった」といって、両者が互いに「反動」よばわりをしていたことを覚えていますが、一方はまだ生きている人、一方はもう亡くなった人の両方が、互いに相手のことを「反動」だと口にしたと証言する権利がはたして私にあるかどうかはわからないので、いまの話は聞いたらその場で忘れて下さい。それにしても当時、ゴダールとバルトの両方に興味があったのは私くらいしかいなかったので、そんな「証言」を東京で引き出せたのかもしれません（笑）。いわゆるヌーヴェル・ヴァーグとヌーヴェル・クリティックの両方に興味がある人は、パリでもまだ少なかったはずです。当時はある意味でゴダールの位置を決定したともいえる『気狂いピエロ』も封切られていましたし、ゴダールについてはもう全国区的な名前として決定されていましたが、バルトの全国区への登場というのは、ピカールとの論争をまとめた『批評と真実』ではなかろうかと思います。

そもそもバルトへの関心は特に自分の専門であるフローベールとの関係で芽生えたものではありません。むしろ「文芸批評の新しさ」といったかたちで読んでいたのだと思います。ただそれは当時の最新の理論への関心といったものとは些か異なるものです。例えば当時日本で流行っていたのはむしろリュシアン・ゴールドマンのようなマルクス主義系の人たちで、彼らの仕事を理論として受け止めようとしていました。しかし、その人たちの仕事は、文章を走らせるのではなく、やはり嘔吐のように固まらせてしまう。

せせらぎ

ひとついえることは、バルトが「深い」人ではないということです。深さにおいて体系性を作るとか、ドゥルーズのようにある概念に関してそれをまったく新しいものとして提示するとか、そういう人ではないということはわかる。バルトというのは「せせらぎ」のような人で、そのせせらぎに自分で裸足で足をひたしていると、どこからともなく全身が柔軟になってくる。そんな感じで読んでいました。それと映画を見るということがどう関わってくるのか。例えばフーコーのように、ある時、言語が全面を覆うというか、いきなり視覚を覆う言語の裸の怖さみたいなものについてはバルトは言及していない。彼には或る程度、前提として言葉があり、その言葉をどれほど快く受け止めるかということなのです。どちらを目指しているかはともかく、いま、足下をさらさら流れているようなものです。バルトというと「せせらぎ」を思い浮かべてしまう。

バルトは必ずしも映画は好きではないと公言もしています。映画もまた流れはするのですが、その流れが方向を持ち、終わりを目指す物語を作ってしまうことに彼は怖ろしい恥ずかしさを覚えたのではないかと思います。バルトの流れはせせらぎであって、どこに流れていくのかはわからないのですが、いま足をひたしているその流れが心地よい。ところが映画の場合は、船に乗るように、その流れに身をまかせて河口をめざし、外界の風景を見たり、滑走感を享受したりする。バルトにおける文章の流れ方と映画のそれとでは、運動への距離の取り方において決定的に違うと思います。バルトの『第三の意味』でのエイゼンシュテインの分析にしたってスチール写真が主な対象でしょう。

私のフランス滞在中の『カイエ・デュ・シネマ』にバルトのインタヴューが載っていたりしましたが、映画が彼の感性を揺るがすものではないということはすぐにわかりました。ちょうど最初にバルトにインタヴューした頃、ドゥルーズにも会っていますが、ドゥルーズはまぎれもないシネフィルです。映画で育った人です。バルトは早い時期にロベール・ブレッソンについて書いたりしていますが、間違いなく文学で育った人です。書くこともかなり早くからやっていましたし、音楽や絵画が好きだったということもあって、自ら演奏をしたり筆をとったりしていたのでしょう。いわばブルジョワの娘がしなければいけないようなことをバルトは全部やっていた。それに対してドゥルーズなんかはブルジョワジーからちょっと離れた不良として映画を見ていたということでしょう。映画はフランスの第三共和制から第四共和制にかけて確かに多くの人を惹きつけはしたのですが、その惹きつけ方はやはり良家の子女にはふさわしくないものです。バルトにはどこかでこの良家の子女的なものがあって、それが彼の限界なのかもしれません。しかしそれを最期まで通している。それに比べてドゥルーズはやっぱり人を食ってます（笑）。バルトは人を食っているということはまったくない。流れに棹さすようなことはしていないけれど、ドゥルーズはポンと途方もないことをいう。

彼自身

バルトは『ミシュレ』の頃には一つの存在の複数性――「偏頭痛」と「蘇生」といった――に統一性を与えようとしていたのですが、彼自身の言葉によると「構造主義的な熱病」を通り過ぎた後に、『彼自身によるロラン・バルト』もそうだし、『テクストの快楽』もそうですが、その複数性を断片、断章として統一性なしに出してくる。その断片がそれぞれまったく別の方向を向いているものかどうか、あの中にもある種のコンスタントな持続はあるような気がします。

それでも『ミシュレ』のテマティックな読みが摑み取ったようなとりあえずの統一性からは彼は離れようとしていた。それはそれでとても快い感じがしました。そして、あらたに断片として投げ出したものが何に収斂していくかというと、中心を欠いた「主体」ということだったと思います。はたしてバルトに主体があるのだろうか。ある、ただし、それは誰にも、おそらく彼自身にも見えなかった。だから、その主体は『彼自身によるロラン・バルト』では三人称化しているわけです。

一九七七年にスリジー＝ラ＝サルでバルトをめぐるシンポジウムをやっていますが、ほとんど『彼自身によるロラン・バルト』が三人称でやったこと、つまりそこではみんなが彼の作品に言及し、それに対してバルトが応えるという図式があるわけですが、彼はそこで「私」といっている。面白いことに、というかこれは当たり前のことかもしれませんが、文章では「私」とも「彼」ともいえるのに、口頭では「彼」とは絶対にいえない。「私」としかいえないわけです。ですから、「私」といって、「私はこのような人間である」ということをいわざるをえない。その内容が嘘であっても、「私」という主語はかえられない。『彼自身のバルト』を仕上げるのであれば、「私」として自分を介入させることを本来ならば自粛するわけですが、やがて日記さえ綴ったりするバルトの場合は、先ほどいったように深みのある川ではなくて、せせらぎだから変わっていいんです。その変化のようなものが、これではたしてよいのかなと思いつつも、やっぱりこれでよいのだと思ってしまう何かとして残っているんです。

そもそもバルトは自らをプレテキストとして使ってくれるのなら出席してもよい、といったのだと思う。タイトルも Pretéxte: Roland Barthes でしょう。プレテキストなら受け容れるという条件だったにも関わらず、そうはなってはおらず、彼自身には「私」で介入せよと呼びかけるロブ・グリエなどはいろいろと罠を張り巡らそうとする（"Pourquoi j'aime Barthes" in *Pretéxte: Roland Barthes, colloque de Cerisy*）。すると、「彼自身」の場合はあれほど闊達にあれこれいえた人が、「私」になると妙に正直になって、そういうことには「もう応えない」という凶暴さが消えてしまいます。そこに、「中庸の記号」としての「彼自身」が恥じらいとともに浮上することになる。やはり、人間ってそういうものではないかと思います（笑）。フーコーはやはりそういう時は受けない。それが、社交嫌いでいながら、社交を捨てきれないバルトの一種のヒステリーのようなものです。その意味でバルトというのは普通の人ですし、狂気にふれあうような人ではなかった。フーコーなら先ほどのように、言葉の裸の怖さを知って近代の有限性と結びつけようとしたでしょうし、ドゥルーズはそれを概念化させた。そういうことはバルトにはない。はたしてバルトに歴史があったかどうかさえわからない。「歴史とは、自分の母親がかつて生きていて、いまは死んだということだ」といった、ほとんど小林秀雄を思わせるようなことを平気でいうバルトには、いわゆる歴史というものの近代的な意識というものはないかに見えます。さまざまな文章の読み方を見ると、歴史、一九世紀といったものが作り出したさまざまな葛藤を、ことによると事態を有限化させ、クリーム状化させるものだとさえ考えていた形跡さえある。彼はやはりポリティックを嫌ったというか、近代の歴史意識とは違ったところで言葉を発生させなければいけないと思っていたのでしょう。そこに何が残るかというと、エロスであり、エステティックになるのですが、ただエステティックといっても今日いわれている「国家の審美化」のようなものとは違って、幾分かの趣味というものをとどめながら形成される階級意識を超えることのないエステティックだと思います。それがバルトの浅さにほかなりません。

ただ、この浅さを軽蔑すべきではありません。たとえば晩年の『Le Neutre 中性』をめぐる講義など、ほとんどコジェーヴのいう「純粋形態におけるスノビズム」を思わせる手つきが感じられます。その意味では、ほとんどポスト・ヒストリックな姿勢だといえなくもない。ところが、その無意識のスノビズムは、逆に、何ごとかを近代とポストモダンに区別すればものを考えたことになると錯覚している連中に対しては、攻撃性を欠いた優雅な反論になっている。

そこを読まねばなりません。ところで、誰がそれを読めるのでしょうか。

変化と弱さの擁護

バルトはある時期からずうずうしくなったかのように見えて、やはり徹底的に弱い人だと思います。反論発生性の弱さや攻撃誘発性の弱さといったものではない、本質的な弱さです。それは彼が病弱であることとどれほど関係があるのかはわかりませんが、彼はその対極にあるものを「アロガンス」(arrogance 厚顔無恥)と名付けました。それは、差恥心の欠如としていたるところに姿を見せています。彼は「アロガンス」に陥らないために、あらゆることをしました。そのためには、「疲労」との共生すらみずからに課したのです。「アロガンス」に陥らないことが美学であるとさえ声にも出しているし、ドゥルーズのようにイタズラ坊主のように世の中に介入していく図々しさもない。バルトは自分の図々しさの欠如を不良的な美学で隠そうともしない。どこかで彼には保守反動的なところがあると思います。その保守反動というのが政治的な保守反動でもなく、これは何なのだろうかといつも考えています。おそらく、彼は、「アロガンス」を避けるためには、民主主義さえ放棄してみせるでしょう。

そうした彼の徹底的な弱さは、現代においてことのほか貴重なものだと思います。それは、一方で深さというものが絶えずクリーム状化の起点を至るところで孕みつつあるからです。そういう時にバルトのせせらぎ、絶えず流れていて、どこに向かって流れているのかもわからないようなものの「アロガンス」を欠いた柔軟さが必要とされるのです。真の変化というのはそういうものだと思う。表象と表象せざるものという図式は絶えず思考を保証するかにみえて、実は思考を眠らせている。それこそ「アロガンス」にほかならず、「そりゃそうでしょう」というだけの正しさにすぎません（笑）。ところが、それとは違う思考が絶えず生起していて、誰もがそれに素足をさらしていたはずなのに、素足をさらしているという現場を一度括弧に括らないと真の自分が見出せないと誰もが思っている。あるいは真の社会が見えてこないと思っている連中の思考は、「ご用とお急ぎの思想」というほかはありません。本当にいつまでも素足を流れにさらしていると、それとともに、自らが液化してしまうかもしれない。また自らの液化をどこかで止めて、主体を隠すことをしなければいけない。バルトにももちろん主体があったわけですが、それがいかに弱く、傷つきやすいものなのであるかということを見せてくれるのです。妙な言い方ですが、「それが真実なんだ」という気がします。

ですから、その才能もない連中までがみだりに表象批判に走り、やれ表象不可能性だといい募ることが現在を真摯に生きることではない。表象不可能性にみだりに言及して時代と波長をあわせたつもりになるぐらいなら、表象可能なものの表象を実践しながら、そこで遭遇する小さな困難をそのつどどう乗り切るかという水準に立つ人がもう少しいないといけません。バルトは、みずからを実験台にしてその責任をとろうとしている。美しいではないか。この美しさを笑う人の大半は、ただたんに醜い自分を世間にさらしているだけなのです。そして、そのほとんどグローバライズされた醜さから顔を背けようとする倫理を人は見失っている。つまり「アロガンス」が民主化されてしまったのです。

記号供養

例えばサルトルは言葉を語り出すために明らかに、不自然なことをやっている。薬物を使ったりして絞り出してくるわけですね。バルトにはそういうことはないように見えます。ところが、その代わりに彼は絵を描いていたのだと思う。おそらく彼は絵を描き終えた後、絵筆を丹念に洗うことのできた人だと思います。絵を描く瞬間があるということは、そのために必要な素材をより繊細にする、ごく自然に洗練させるということであるはずです。何とも奇妙なのですが、そうすることで、彼は記号の供養をしていたのだと思うのです。針供養のように素材をいたわっていたのです。彼が興味があるのはもっぱら記号でありながら、その記号を酷使することだけはせず、絶えずそれをいたわる配慮を示しつつそれと戯れていく。サルトルは記号を酷使することに関して、まったく心が痛まない人です。つまり、「アロガンス」を恥じないのです。『家の馬鹿息子――フローベール論』などその典型的な例でしょうか。バルトが絵筆を丹念に洗って自分の机の上に逆さまに置くというのは、むしろブルジョワ的な美学といえるのかもしれない。それなしに酷使するというのは、絵筆にふさわしい使い方だろうか。バルトは記号をいたわりつつ、記号に触れている。それが決定的に正しいかといえば、必ずしもそうとはいえないのですが、しかし人間にはどこかで「いたわりと供養」の気持ちがあるわけでしょう（笑）。それを彼ほど恥じらいとともに見せてしまった人はいない。このことを「バルト・リーダー」などを読んでバルトをわかった気でいる連中はまったくわかっていないのです。

記号の呼吸

バルトは、ある時期、文芸の科学ということを模索していたともいえるかもしれませんが、それは記号に対するサイエンスであるとともに、記号に対する呼吸の仕方でもあったわけです。サイエンスは記号を呼吸することなく、呼吸する瞬間を括弧に入れてもできるわけですが、バルトは最期まで呼吸をしつつ、また最期までそれを抽象化せずにいた。それが「批評」なのだと思います。もちろん、呼吸ということのフィクション性はあるのですが、そういう呼吸の仕方が例えばいまのフランスにあるかといえば、ない。日本にも、ない。バルトのように呼吸をしつつ読むことが、ひとつの書物として我々を誘惑するようなことがあるかというと、不幸にしてないといわざるをえません。アメリカにももちろんない。手をかざしただけでその呼吸を感じ取れるようなエクリチュールはいま見られません。しかも、その不在を誰も嘆かなくなっている。

だいたいどこの国でも、近代の文学の歴史に冴えている文章なり書物なりというのは一つや二つはあるものです。小林秀雄は好きではありませんが、やはり冴えていた。ヴァレリーだって冴えていた。バルトもまさに冴えた「批評家」だったのです。グレマスが言語=記号学者としてバルトより優れた学者であったのはいうまでもありません。だが、彼には、サイエンスにかかわるものの限界として、バルトの冴えはなかった。その冴えに対するジェラシーがいま世界的に低下しているように思います。ですから、バルトも絶対に読まれなくてはいけない。ただし、残念ながらこれまでのバルトの翻訳ではあまり良いものがなかったという印象がありま す。ある程度理論化できるものであれば翻訳で読んでもいいと思いますが、バルトはそのようなものだけではなく、それこそ「せせらぎ」ですから。それを読むことに対して世界は方法を持ってはおらず、その不在を恥じてもいない。

しかしバルトが本当に足をせせらぎにひたしているような感じというのは、ある年齢の時期までの書き物であって、コレージュ・ド・フランスの最後の講義が予測されているように、七〇歳になったバルトは小説を書いていたかもしれませんし、何を書いているのかはわかりません。しかし、私はバルトの冴えをひたすら嫉妬しつづけます。実際、バルトのように書けたら死んでもいいと思います(笑)。フーコーのようにでもなく、ドゥルーズのようにでもなく、ましてやデリダのようにでもなく、記号としての言語を呼吸しながら、それを括弧に括ったりせず、それをいたわりつつ酷使せずに書くことができたら、本当にそれでいいと思っている人間です。このバルトに対するジェラシーが、ほんの少しでも共有されればと真に願っています。しかし、はたして、人は嫉妬を教えることができるのでしょうか。(談)

4

零度の論文作法

——感動の瀰漫と文脈の貧困化に逆らって

1　「複製技術時代」の文学

――今日は蓮實さんの文章術の秘技を伝授してもらいたいとの目論見なんです。

蓮實　そんなものはありません（笑）。

――非常に分が悪いインタヴューだと思います。その秘技を伝授してもらいたいというのがそもそも甘えだろうということがひとつと、「文体をつい特権化してしまうことの自己保存的な無意識」（「文体の不幸とユーモワ［90・冬］」『絶対文藝時評宣言』一九九四年）と書く蓮實さんが、「これが蓮實重彦の文体である」というふうに私有的に思っていらっしゃるはずがないというのが二番目と、「「ユリイカ」や「現代思想」が大学教師の同人雑誌化している」（綾秀実・渡部直己・城殿智行によるインタヴュー

「II 文学と映画をめぐって」『「知」的放蕩論序説』二〇〇二年）とおっしゃっている、その雑誌によるインタヴューということで、幾重にも分が悪い……。

蓮實 同人雑誌にある支え合いの精神みたいなものが、『ユリイカ』や『現代思想』に書く大学の教師を無意識のうちに蝕んでいるのは問題ですよね。

——僕には、蓮實さんは印刷が好きな人なんじゃないか、という感じがあるんです。蓮實さんといえば映画の人、あるいは文学の人と思われているわけですけど、ひょっとしたら「印刷の人」という観点から、いくつかのことがお聞きできないかと思いました。順不同ですが、たとえば『帝国の陰謀』（一九九一年）という本は、輪転印刷機の発明とナポレオン三世のクーデターが連動しているという、印刷論としても読めます。『絶対文藝時評宣言』では、河野多恵子『みいら採り猟奇譚』の、タイトルの漢字とひらがなの配置について考察していて（「「装置」と「人間」［91・夏］」）、これは端的にタイポグラフィの問題でしたし、同書での、高井有一『立原正秋』についての「編集者なり、あるいは同僚の作家なりのたった一言が救いえたかもしれぬ言葉の質が、読者の目に触れる以前に改良されなかったことの不幸」（「事件と風土」［91・冬］）という指摘には、編集・校正工程までを含んで作品が読まれている気配があります。谷崎の晩年の作品に関して「……」と「――」に言及している個所もありました（小森陽一との対談「谷崎礼賛」『魂の唯物論的な擁護のために』一九九四年）。それから、大学改革の一環として、テレビではなく「印刷媒体の国際的なインパクトを改めて認識すべき」（桂秀実によるインタヴュー「I大学をめぐって」『「知」的放蕩論序説』）とも述べておられます。また、『國文學』の蓮實重彦特集（一九九二年七月号）に掲載された「自筆年譜」では、二〇歳の項目に「駒場の学友会の雑誌の懸賞に小説部門で入選し、活字となる」とわざわざお書きになっています。いわゆる東大明朝への一瞥の仕方も、印刷に供される書体への敬意ならではだったと思いますし、単行本の定価から一ページあたりの単位を割り出し、七・五円の作家とか四・五円の作家を析出した（「遊戯の教訓［90・春］」『絶対文藝時評宣言』）のも、印刷的な発想と思えます。「印刷される」ことを前提としての文体論をお聞きできないかと考えました。

蓮實　「印刷の人」蓮實と来ましたか。しかし、言語の物質的な見え方としての印刷物、あるいはその見え方を作っていくプロセスとしての印刷術に、これといってフェティシズム的な執着があるわけではありません。ただ、書かれたものはそれ自体として読まれるわけではなく、複製可能なものとして大量に視覚化され流通しない限り人目には触れないという歴史的な現実には、書き手としてある程度自覚的でなければならないとは思っています。それは、いまおっしゃったように一九世紀の中頃、フランスでいえばナポレオン三世の時代に出来上がった、いわば近代の活字メディアの確立とその後の展開には誰もが自覚的たるしかないということです。一つには、大学に長い期間身を置いていた経験からして、教科書、あるいは大学が発信する文章の多くが、あまりにも「印刷」という歴史的な現実を無視したものばかりだったので、それは歴史に背を向けた野蛮な振る舞いだと認識させる必要がありました。複製可能なものとして視覚化されることに対する無感覚は、書くことの倫理にもとるものだという視点から、周囲に反省を促したいという気持は確かにありました。また、批評家として、個人的なテクストに署名し、その署名によってそのテクストがドキュメントとして持つ価値よりは、それが不特定多数の人の目に同時に触れることが持つインパクトこそ重要であるという近代のエクリチュールのあり方について、かなり理念的に考えてきたということもありました。つまり、それは、唯一無二の署名者としての作者という古典的な概念の歴史的な変貌であり、その問題は、いま言われた『帝国の陰謀』などの主題でもあったわけです。

ところが私が最初に「研究」したフローベールに関して言うと、フローベール自身は印刷や出版にはいっさい興味がない。テクストの唯一無二の署名者としての作家という存在を疑ってもみない彼は、自分より才能を欠いた作家マクシム・デュ・カンをいわば出版者に仕立てて、彼自身はただ書いているだけだったのです。それに対して、友人を世に出さねばと思った善意のマクシムは、印刷にかかわるさまざまな物質的作業を引き受けた上で――そこには、訴訟に対する心構えも含まれます――、『ボヴァリー夫人』を雑誌連載することによって作者フローベールの名前を世に知らしめたのです。そこにいっさい印刷物に興味のない人と、印刷物にすることによって価値が生まれ、同時に、それまで単なる書く人だった個人と社会的に作家の名前として流通すると信じる人とが同時に機能する状況が見えてきます。じつは私はその後者であるマクシム・デュ・カンについて、フローベールの『ボヴァリー夫人』論より先に、『凡庸な芸術家の肖像　マクシム・デュ・カン論』(一九八八年)という長い書物を書いてしまったわけです。そこには、唯一無二の署名者としての作者とは異なる歴史的な現実としてフローベールをとらえなければならないという意志が働いていたわけですが、作品論を書き進めるとどうしても作者の個人的な文体のフェティシズム化が進行してしまい、その処理に手間取っていまだに出版しえずにいるのです。その意味で、鈴木さんが言われたことがまったく当たっていないわけではないのかもしれません。署名されたテクストの周辺に、つまりその署名の価値ではなく、テクストを大量複製というかたちで流通させた人たちに興味があったというのは間違いないと思います。近代において物を書く人間なら、印刷術という複製技術時代の芸術に不可欠なテクノロジーに関して、ある聡明な態度を取らなければいけない。

ところが、真に凄い作家はその「聡明さ」を一挙に超えちゃう。何に書こうがどんな媒体に出ようが、いわば「読まれてしまう」人がいるんですが、こちらは凡庸ですから、そこにこだわったということはあるかもしれない。

――「ワープロ・パソコンVS.原稿用紙」というアンケートが『文學界』(二〇〇〇年四月号)にありました。それへの蓮實さんの答えに、「私の興味は、あくまで「複製技術時代」の文学にある」とあります。また、ワープロ・パソコンによる執筆と手書きでは違いがあるか、との設問には、「手と指という肉体の一部ももとより機械の一つに他ならないと思っていますから、そこに本質的な違いなどあろうはずもありません。かりに何らかの違いがあるとするなら、それは機械と肉体のそれではなく、media の性格によるものにほかなりません。実際、雑誌発表を想定した多少ともよそいきの文章は、明らかに E-mail の文章とは異なっておりますが、それは発表を目的とした原稿の文章とお歳暮のお礼の葉書の文章とが同じでないのと同様です」と回答されてます。

蓮實さんの最初の著書『批評あるいは仮死の祭典』(一九七四年)では、もうすでに私たちがイメージしている「蓮實文体」があると感じます。いわゆる「蓮實文体」に至るまでに何か印刷的な契機というのはあったんでしょうか。

蓮實　それはまずないと思います。最初は手書きの修士論文（「ギュスタアヴ・フロオベエルその創意の構造と展開の諸様態」一九六一年）ですし、フランス語の博士論文（「『ボヴァリー夫人』を通してみたフローベールの心理の方法」一九六五年）はタイプライターで書かれたものですが、じつは私にとっていまの文体を作ったもとになるのは――これはその後どこにも収録されていないんですけれども――それより以後に書かれた、奥付に六八年の六月一五日という象徴的な日付が印刷されている筑摩書房の『フローベール全集』研究篇の後書き（「フローベールと文学の変貌」）です。なぜこれをいままでどこにも入れていないかというと、別に理由はないんですが、この執筆過程がいまの私の文章体験の基盤を作っているということは間違いないと思います。「六八年」を経秀実さんなどがさかんに問題にしていますけれども、六七年にたぶん六カ月くらいかけて資料を集めて構想し、それを六八年に入ってから書きあげたものだったと思います。六五年にフランスから帰ってきて、いろいろなものをちょこちょこ書いてはいたけれども、これを読んでもらえばフローベールという存在に少しは人びとの視線が向かうかもしれないという強い意志のもとに書いたものです。そうした目的がはっきりしており――文体というより、エクリチュールと言うべきものかもしれませんが――、それなくしてはおそらく『仮死の祭典』も何もなかっただろうと自分自身は思っているものです。いくぶんか誇大妄想的に響きかねないのですが、この後書きは、ちょうどゴダールが六八年以前に六八年を予感する作品を撮っていたのと同じようなものとして構想されていたのです。いつ、何が、どのような契機で変わるのかは分からないが、私なりに、変化の予感のようなものは自覚していました。結局、ゴダールですね（笑）。つまり、敵は世界のフランス文学研究者ではなく、やはりゴダールだった。「敵」という言葉がいささか曖昧なら、ゴダールに刺激を受けた人間が、ゴダールが読むかどうか分からないにしても、彼にその刺激を返そうとして書いている。

――それは事後的に回想されているのではなくて、当時において意識的でしたか。

蓮實　ええ。事後的に回想すれば、これがまさに六八年に出たという意味を持つわけですが、じつはそうではなく、その後に起こるであろう社会的あるいは知的な変容の予兆を察知しながら書いていました。自分の文章が何かを変えるとまでは思っていませんでしたが、ある種の変化に同調しつつあるという実感は強く持っていました。この後書きの載る巻が旧世代の篠田一士の解説で出ることが決まっていたので、そんな解説など「粉砕」するぞという全共闘的な意志がはたらいていたと言えるかもしれません。それは、当時つとめていた立教大学の紀要や、非常勤だった明治学院の紀要に書いた『『ボヴァリー夫人』論』の素描などにもこめられていたもので、それを足慣らしとして書いた「フローベールと文学の変貌」は、「ヌーヴェル・クリティック」などというものに関して、これが一番それに答えるかたちで書かれた文章なのです。

――ゴダールから文体意識を触発されたと言っていいんでしょうか。

蓮實　文体意識というより、むしろエクリチュール、書き方ですね。ある知を満遍なく別の文脈に置き換えて分かりやすくするというかたちではなく、均衡を欠いたものでも構わないから、インパクトのあるものを放り出すという感じの書き方です。

――蓮實さんの文章は、読者が読む瞬間に向かってたったいま降りてきたというか、読まれるのを待ち構えていたかのような文体だと感じます。「ある知」が解説されているというのではなく、「ある知」そのものが読者の前に出現する。その「ある知」は、スクリーンのように、なにかを伝えるものでもありながら同時になにかを遮るものでもあって、読む側は一歩先がどこへ行くのか分からないスリルを覚える。活字で組まれて印刷される紙面を予想しつつ書いているということはないですか。

蓮實 それはないと思います。そんな余裕はありませんし、一度渡したものを、その後どのように印刷されても構わないという感じが、雑誌に書き慣れていた批評家としての私にはありました。

――ただ、渡してしまったら後はどうなってもいいというのは、ある意味では印刷術を信じているということですよね。

蓮實 信じているのか、あるいは、しかるべき社会的体制の中で、これがどのように取り扱われても仕方がないという諦めでもあるかもしれない。

——一昨年亡くなった毎日新聞社の編集者で写真評論家でもあった西井一夫さんのことを思い出します。彼が「日本語の文字と組版を考える会」に出席して、「組版は読めればいいんだ」と言った瞬間、会場の組版業の人たちからすごい野次を浴びたことがあります。彼が死んで初めて分かるんですけど、「読めればいいんだ」というのは、印刷がどうでもいいっていうことじゃなくて、他者を信頼するからこそ「読めればいいんだ」と自分の持分において断念するということではなかったか。フェティシズムなしの印刷への信頼がありうる、のだと。蓮實さんにもそうした潔さがあるんじゃないですか。蓮實さんは、たとえば安岡章太郎『夕陽の河岸』論を本のページの姿から書き出していましたが(「事件と風土」〔91・冬〕『絶対文藝時評立言』)、そのように読む蓮實さんが、反転して今度は書き手になる。蓮實さんは、自分の文章が印刷術によって翻訳されて活字となることを見とおしながら書いてきた書き手ではないでしょうか。

蓮實　「複製技術時代」に生きている以上、それは当然の現状認識というだけじゃないかと思うんですけど。

——蓮實さんの文体の切り替えのあざやかさ、ということがあると思います。たとえば紀要に発表する論文、文芸誌に発表する文芸時評、新聞に発表する映画評、その切り替えが見事になされているのは、蓮實さんご自身の態度の変更ではなくて、印刷された文章の姿のモード・チェンジじゃないかなという気がします。

蓮實 自分ではあまり意識していないのですが、それは、具体的にどういうところへ出ていますか？

――蓮實さんの文章は読んだ瞬間にそこで生成しているという感じがあることは、すでに言いましたが、文章が読者が読む瞬間に向かってたったいま降りてきたというのは――こう言うとネガティヴに聞こえるかもしれませんが、けっしてそういうつもりでなく言えば――、プロセスを欠いている感触があります。「エクリチュール」を、記号の実践的生産の場、ととりあえず捉えるならば、そのエクリチュールが読者において発動する薄い局面に向かってピンポイントで書かれているように感じます。プロセスの気配がないので、高橋源一郎さんが蓮實さんとの対談後の感想で、「これを書いた蓮實重彥という作者は、実物の蓮實重彥と同一人物であろうか」との疑問に苛まれる、とユーモラスに書く(「彼自身による蓮實重彥」『魂の唯物論的な擁護のために』付録)ことになったのではないでしょうか。

具体的には、先ほどの「フローベールと文学の変貌」と『仮死の祭典』はやはり書きぶりが違うと思いますし、『フランス文学講座6　批評』（一九八〇年）の「批評と文学研究（II）創生神話を求めて」もまた、蓮實文体とは距離をとっていて、こうしかあり得ない論文体でした。

蓮實　『フランス文学講座』は、単にあの講座を馬鹿にして書いただけです（笑）。いまさら「講座」かよといった気持で、本気で書いていないだけで、「論文」だからじゃない。「フローベールと文学の変貌」と『批評あるいは仮死の祭典』は、より読まれる瞬間の現場感覚に近いものとして書かれています。「プロセスを欠いている感覚」と言われたのは、それかもしれません。

——普通だと、例えば大学人としての文体と批評家としての文体を「使い分けている」と見えると思うんですが、蓮實さんの場合、それが生身の変身とは見えなくて、印刷上のモード・チェンジとして貫徹されている。

蓮實　でも、「書く」ってそういうことでしょう？

――そこが秘技だと思うんです（笑）。「複製技術時代の文学」に関心を持ち、メディアを意識して文章の装いを変えるべきだと意識している書き手は多くいると思いますが、それらの意識は、書くことから印刷術へのプロセスに分節されてしまいがちです。あるいは「複製技術時代の文学」をテーマにした文章を書くこともあるかもしれません。ところが、蓮實さんは一挙に印刷的な佇まいに降りたつ。文体そのものに現在が「複製技術時代」であることを語らせてしまう。いまから逆算的には、「複製技術時代」の文体はあの蓮實文体しかなかったと考えられますが、あの当時、よくあんなに冒険的な文章を実現させたものだな、とも思います。文字の佇まいのモード・チェンジが蓮實重彦という様々な分野を横断する書き手を産んだのではないか、という仮説を今日は持っているわけなんですが（笑）。

蓮實　まあ、そう言われてみるとまったく分からないわけではないと思うのは、自らの手書き原稿に対するフェティシズムが私にはありません。

――「読書に対する郷愁とか、本を手にして間近に眺めるときの物質的な恍惚感みたいなものとはまったく無縁の人間です」とおっしゃってますよね（安原顯によるインタヴュー「彼自身による弁明」『饗宴

Ⅱ』一九九〇年）。

蓮實　ええ、ひそかに何かをコレクションするという所有欲や、誰も持っていないものを隠匿するというような、その種の恍惚感はまったくありません。原則として、どんな本だろうが世界のどこかの図書館に行けば必ずあるんだから、所有するには及ばない。そういえば、いま思い出したのですが、じつは結婚する時に、妻からフローベールの自筆書簡をプレゼントされたことがあります。それは大変嬉しいことだったのですが、東京の自宅にそれが存在しているということが受け入れがたく、どうも居心地が悪い。そこで、妻と相談の上、その種の自筆書簡がコレクションされていたアカデミー・フランセーズの図書館に寄付してしまいました。知り合いだった司書は大喜びで、アカデミーから大袈裟な感謝状までとどいたのですが、それもいま手元にはありません。でも、その種の自筆書簡は、誰かが隠匿するより、公共の図書館にあるのが一番ふさわしいかたちだと思います。必要なものは図書館でコピーすればいいという態度ですね。

――でも、映画のパンフレットはコレクションされています（笑）。

蓮實　確かに映画のパンフレットは五十年以上も前のものまで捨てずに持っていますが、多分それはあんな薄っぺらいもののために世界の図書館を訪ね歩くのは馬鹿馬鹿しい、というプラグマティズムがあるからじゃないかと思いますね（笑）。

2　向こうから来てしまう

——そのときどき書き分けるコツは何なんでしょう?

蓮實　書き分けている気持はあまりないいんですが。

——だいたい名人はコツはないと言うんです（笑）。

蓮實　やむを得ない事情から新聞などに、しゃあねえやと思って書く場合にはそれはあるかもしれません。ただし、あまりやった記憶がない。総長になってからの入学式や卒業式の式辞でも、同じ書き方をしていたつもりです。

――結論らしきものを前に持ってくるか、後ろに持ってくるかとか、そういう作戦はいかがでしょうか。

蓮實　導入部は文章の生命だということは、学生に教えていた時にはよく言いました。あなたの持っている知識を満遍なく羅列してゆき、たまたま最初にきたセンテンスがこれだということであれば、文章すべてが同じ濃度で展開することになるから、人は読んだとしても、読み終わればそれで終わりだよと。ということは、あなたが持っている知識とは違うものを冒頭に置くこともありうるんだぞということですね。

――五枚の原稿を書く時と、十枚、五十枚、百枚の原稿はやはり違うものでしょうか。

蓮實　六枚くらいの映画評を毎月書いているのですが、そのつど書き方が、エクリチュールが全部違うんです。こういう書き方をしている時は自分は乗ってるなと思えるのは、例えば一つの画面の分析から入る時です。冒頭に原則論を並べて書いている時は乗っていない時だというのが分かります。しかし、それは自分が乗ってないのであって、対象としての映画が自分を乗せなかったのではないという自覚はあります。結局、書き始めるまでにどれほど無駄な時間を浪費しているかということだと思います。

——書き始めるまでは長い方がいいんでしょうか。

蓮實　ただ長いだけでなくて、屈折した時間がないと駄目だと思う。単なる長さは駄目だと思う。忘れ、思い出し、脇にそれ、また忘れ、というような、忘却してはまたそこに戻るということで、ゆっくりと、ある具体的な細部に行き着く。六枚で、細部から書き始めたらどこまで行けるかということは経験的に分かっているので、決定的な細部を選ばなければいけない。「細部」というのは、例えば最近書いた『ミスティック・リバー』（クリント・イーストウッド監督）論では、映画の中に二度出てくる二階のテラスなんですけれども、これしかない、と直感しました。ところが、つい昨夜書き上げて送ったばかりの『エレファント』（ガス・ヴァン・サント監督）論は——これも『ミスティック・リバー』に劣らずおもしろい映画なんですが——、若干急いだ、つまり忘れている時間が少なかったということで、つい原則論から入ってしまいました。「この作品は五一歳の監督が撮ったけれども、処女作のようにみずみずしい」と。原則論で始めては駄目だということは自分でも分かっているんですが、なぜそれをやるかというと、これは連載の原稿だから時間がないとか、別の原稿の締切が迫っているとかいうことです（笑）。時間が切迫しているにもかかわらず、いい原稿が書けた時には、原則論ではなく、分析すべき対象が持っているみずみずしい部分に自分の感性が触れており、それを言語化できる状態になっている。それは、その分析すべきテクストが持っている、唯一無二の何かだと思います。作者が意識している、いないに関わらず、そこしかないという場面は、あらゆる映画にあるはずです。

――一カ所はあるということですか。

蓮實　最低一カ所はあるということですね。原則的に人は映画のどこに惹かれてもいいのですが、ある時代性の中でここを見なければ見たことにはならないというような細部が、一本の映画の中に三つも四つもあるわけはない。

――それを蓮實さんは探しているのですか。

蓮實　探すのではなく、ある時見えてきてしまう。それには、引いたり遠ざかったりというような過程がどうしても必要になる。原則論から行くか、なぜか分からないけれども惹かれてしまった細部から行くか、また、言葉で丸め込むというのもあります。エリア・スレイマン監督の『D.I.』(『DIVINE INTERVENTION』)について書いた文章は「抱腹絶倒」とか、四文字熟語を三つか四つ挙げて言葉で適当に丸め込んでる。これは相手がある程度弱いからできることなんです。その弱さを承知の上で誉めたい時ですね。対象が本当に強い時には、さっき言ったように忘れたり戻ったりしながら、ここだという細部に辿り着くか、それとも作品を支えている原則論に逃げてしまうか、そのどちらかです。

――忘れても浮上してくるものというのは、自分でコントロールしきれてないものですよね。そういう意味では、人称を超えるということですか。

蓮實　「人称を超える」というほど大袈裟なものではありません。ただ、自分自身の意志によってそれを選び取ったのではなく、向こうから来たものに自分が共振したということはあるかもしれません。

――いまという時代に規定されながらも、「ここを見なければいけない」という判定は蓮實さんがするわけですよね、もちろん。

蓮實　私が判断するわけですが、三十年以上映画批評を書いている身としては、向こうもそのつもりだという一種の自信はあります。知らぬ間にここに触れてしまったけれども、じつは向こうもここだったんだよ、という。それはある程度の職業的な修練をつめば、見えてくるものです。例えばペドロ・コスタ監督『ヴァンダの部屋』のショットを観ていれば、分かるわけですよね、このショットで間違いなくこの作品は終わるって。そしたら本当にそこで終わる。これは単なる勘ではなくて、職業的な余裕もあると思います。ペドロ・コスタは凄い映画作家だけど、やっぱりこちらのほうが長いあいだ映画を観て生きてるんだから、という余裕でしょうか。

――その「見えてくる」というのは、ちょっと名人の芸談のようで（笑）、そこを手法として分解していただけますか。

蓮實　いや、これは向こうから来てしまうんですけれども、名人芸というよりは職業意識だと思う。つまり職業的な自覚がない奴は書くな、ということじゃないか。

――「向こうから来てしまう」というのが印象的ですが、「向こうから来てしまう」という事態と蓮實用語の「遭遇」との関係を聞かせていただけますか。

蓮實　来たぞという感覚は、安心感ではなく、一種の恐れです。それに痺れられるかどうかということですが、これはある程度の職業意識で処理できるもので、「遭遇」とは違うと思います。「遭遇」に対処すべき技術はありません。

――来たなっていうセンサーの鋭さと、それを言語化する技術、二つの名人芸がそこにはあると思うんですけれども。例えば雑誌に三十枚書くから、ということで映画の見方が規定されることはないんでしょうか。

蓮實　それはないです。見えてきたもので自分が三十枚書けるという自信はあるんですが、それを今度は削いでいって六枚にするというところには、ある種の芸が必要かもしれない。『エレファント』論を六枚で書いていて、ちょっと難渋しました。難渋したというのは、書けないのではなく、自分としては、これは原則論の繰り返しで上滑りしてるなという感じを持ちながら原稿を送っちゃったということです。

――書こうとする瞬間、どう書くかはリニアに見えているのですか。

蓮實　いや、リニアにはまったく見えません、私の場合には。スポーツ選手がよくイメージ・トレーニングというのをやりますよね。何か、そんな感じで一挙に見えてきます。

――一気に獲得されるものなんですね。

蓮實　五、六枚の場合はそうです。

――そして枚数が長くなってくると、一気に獲得されるショットが複数になってくるわけですか。

蓮實　そうです。少なくとも、書き出しと結論部分のイメージは見えています。

――長いものを書く時は、事前に箱書きや、カードを作るんですか。

蓮實　箱書きはしません。冒頭と最後のイメージは見えていますが、こまかな構成は書いていているうちに出来てくる。今日、ソルボンヌに留学していた頃（一九六二―六五年）のカードを思い出して持ってきたんですけれども、カードといってもこの種のものです。私がソルボンヌで指導を受けたロベール・リカット教授は、最初にこの人間はどの程度の実力かということを判断するために、二つのことを私に課しました。ひとつは、その論文に必要な書誌＝ビブリオグラフィを書いて持ってきてごらん、と。それから、これから書くかもしれない主題について、すでにとっているカードがあったらそれを見せてごらん、と。最初は、こういうものを多分百枚くらい見せたんだと思う。ここに「B」と書いてあるのは「Bon」、ここは使えるよ、というしるしですね。こういうカードが最終的には何百枚かあって、右上に主題ごとの分類のノートが短く書かれています。後は、分類のノートが同じものをまとめてゆくと、カードは大まかに二十ぐらいに分類できる。そのそれぞれについて、ここに語られているものは何かということを自分で書いていけば、全体が出来てしまう。まずこのカード作りの作業が結構大変なんです。このカードをどのノートに分類するか。読み直してみて、並べ直したりして。ですから、箱書きよりはまず具体的なカードがあって、同じものを集めればいいわけです。それをこう並べて、つぎにこう並べて……そうすると、どれが先になるかなというのが自然に見えてくる。

――このカードには、引用も、蓮實さんの地の文も入っているんですか。

蓮實　入っています。これは括弧の中が引用で、それ以外は私自身の地の文ですね。引用だけのカードもあるし、地の文だけのカードもあるし、リカット先生が単語の綴りを直してくれているところもありますね……。

――そうすると「箱書きからトップダウン」ではなくて、「カードからボトムアップ」というか。

蓮實　そう。勿論、大まかな構成はあるんですが、いろいろなカードをこっちに置いたり、あっちに置いたりしていくうちに筋が見えてくるということです。私はそうして書きました。すると、結局、細部のほうが力を持ってくるんです。箱書きはまずしたことがないですね。

――装丁の仕事で、デザインに入る前に束見本という白い本を製本所に作ってもらいます。その束見本を眺めていて何らかの歪みが見えた時、装丁がなんとなくうまくいくという感じがあるんです。ライティング・スペースが平らでなくなった時にいい文章が書けるということはあるんでしょうか。

蓮實　空間の問題ではなくて、ある同じ文脈の中にあるエクリチュールが、それ自身ではない他の判断、つまり読み手としての私の判断によって別の文脈に組み込まれ、当初はまったく無関係に見えたこれとこれが一緒になるというふうに作品の文脈とは別の文脈が見えてくる。例えば、分類したカードの束が、十枚と一枚と五枚あるとします。そうするとその起伏というか

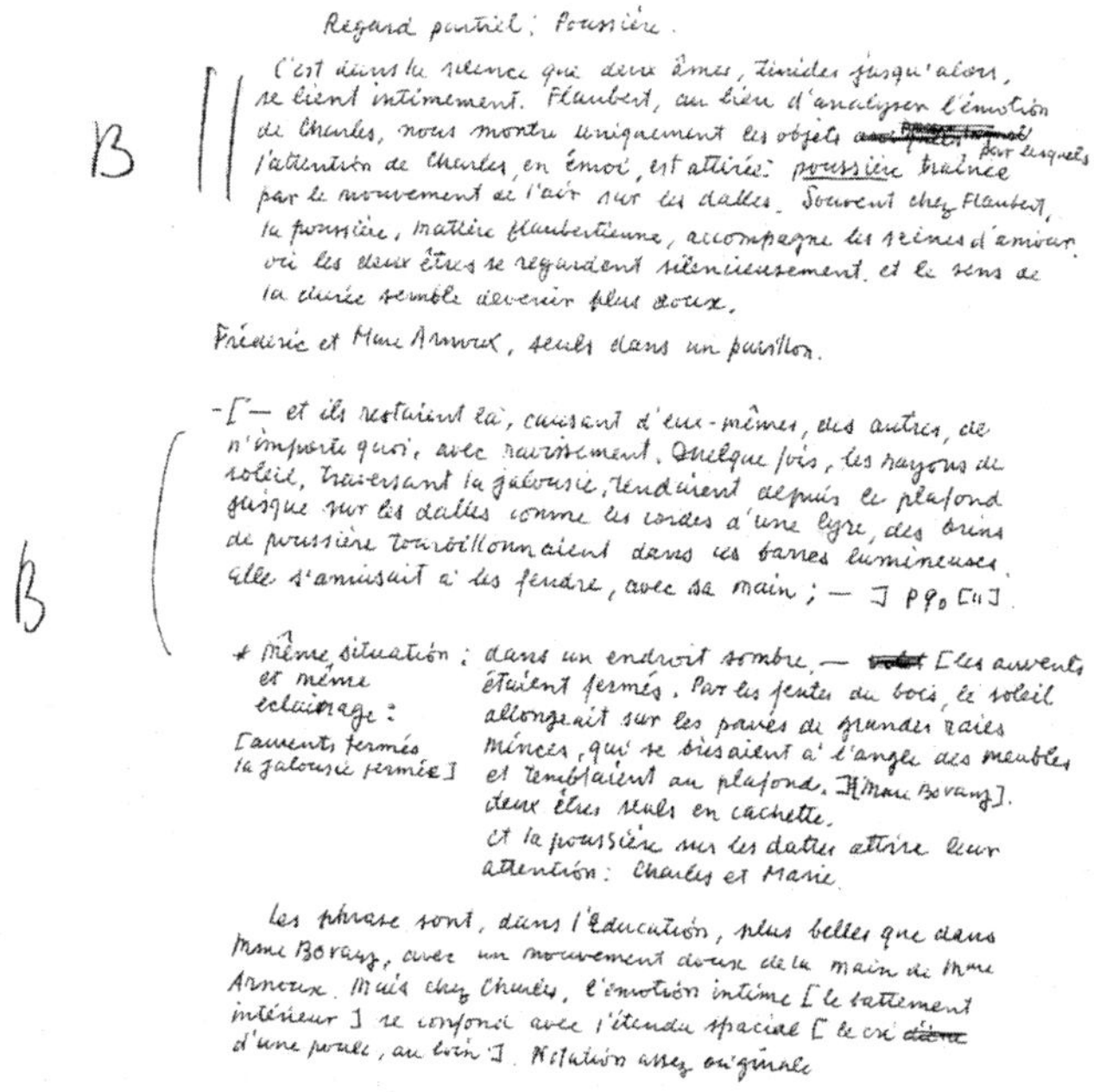
Regard partiel : Poussière.

B

C'est dans le silence que deux âmes, timides jusqu'alors, se lient intimement. Flaubert, au lieu d'analyser l'émotion de Charles, nous montre uniquement les objets par lesquels l'attention de Charles, en émoi, est attirée : poussière traînée par le mouvement de l'air sur les dalles. Souvent chez Flaubert, la poussière, matière flaubertienne, accompagne les scènes d'amour où les deux êtres se regardent silencieusement, et le sens de la durée semble devenir plus doux.

Frédéric et Mme Arnoux, seuls dans un pavillon.

B

– [— et ils restaient là, causant d'eux-mêmes, des autres, de n'importe quoi, avec ravissement. Quelquefois, les rayons du soleil, traversant la jalousie, tendaient depuis le plafond jusque sur les dalles comme les cordes d'une lyre, des brins de poussière tourbillonnaient dans ces barres lumineuses. Elle s'amusait à les fendre, avec sa main ; —] P 90 [11].

* Même situation et même éclairage : [auvents fermés la jalousie fermée] : dans un endroit sombre, — [Les auvents étaient fermés. Par les fentes du bois, le soleil allongeait sur les pavés de grandes raies minces, qui se brisaient à l'angle des meubles et tremblaient au plafond.] [Mme Bovary].
deux êtres seuls en cachette.
Et la poussière sur les dalles attire leur attention : Charles et Marie.

Les phrase sont, dans l'Éducation, plus belles que dans Mme Bovary, avec un mouvement doux de la main de Mme Arnoux. Mais chez Charles, l'émotion intime [le battement intérieur] se confond avec l'étendue spaciale [le cri ~~dans~~ d'une poule, au loin]. Notation assez originale

博士論文「『ボヴァリー夫人』を通してみたフローベールの心理の方法」（1965年）のためのカード

不均衡は、書いている私を何らかのかたちで操作することになると思うんです。

――蓮實さんは、ご自身のことを並行して複数の仕事をするタイプだと言っていますね。「僕は余裕のあるときにじっくり時間をかけて仕事をするというタイプではなく、いちばん忙しいときに複数の仕事を同時並行的にやりながら、そこにサスペンスを求めるという悪いくせがあるのです」（経秀実によるインタヴュー「麗かな午後の日差につれて」『小説から遠く離れて』付録、一九八九年）。ということは、ある仕事をやってる時には別の仕事のことがちょっと頭の片隅にあるという状態だと思うんですけれども、いくつもの中心があることによって、書くことに偏った磁場が生まれるのでしょうか。

蓮實　どうやら「中心」ではなさそうだという感じがしています。方向ではないかと。あっちの方向にぐーっと行くものと、こっちの方向に行くものとが、自分の中にある。右左上下の方向とか、むしろ温度差、あるいは弾け方の違いという感じがしますが――自分のことを自分では判断できませんから、中心と言ったほうがいいのかもしれませんが――、実感としては、当初の目論みを超えて細部が拡散してゆく時のほうが、面白いものが書けそうな気がします。

――左とか右というのは、書きながら手探るバランスみたいなものですか。

蓮實　バランスではない。何かが過剰であったり、欠如していたりする時に、そこに向かって流れるんじゃないかと思います。

――流れに逆らおうとはするのですか。

蓮實　いや、やっぱり流れるようにすると思います。何か細工して、そういった奇妙な隆起点みたいなものを周りから一掃しようとする気はないですね。

――『ユリイカ』臨時増刊号「総特集ロラン・バルト」（二〇〇三年）のインタヴューで、蓮實さんがサルトルについて「文章そのものを走らせる方向には行かない」と言っていて、ということはバルトは文章を走るに任せた人だということでしょうが、ここでは蓮實さんに話を限れば、「文章を走らせる」「流れるようにする」というのは、スタートからゴールまで行くプロセスの問題ではなくて、根拠のない一歩ずつを進むことですね。

蓮實　一歩進むごとに、この方向でよいから今後もこの方向に進むというのではなくて、たえず違う方向がありうるという意識は捨てずにいたいと思う。

——いささか戻りますが、いくつもの仕事を同時並行しているということは蓮實さんの文体と何か関係ないですか。例えば読者は、蓮實さんが一貫して研究者だったら、あるいは批評家だったらということを夢想するんですけれども、結果的には大学人でもあったし批評家でもあった蓮實さんが複数的であったことが文章に表れていないですか。

蓮實　こじつければいろいろ言えると思いますが、これだけが自分だ、これが唯一無二にして他に代えがたい自分だとは思っていないような気がします。それよりも自分が、言語的な対象としての文学と、それ自身が言語的な対象ではない映画との間に宙づりにされていたという緊張感のほうが大きかったんじゃないかと、自分では判断します。大学人と批評家とか、そういうことではないと思う。

――論文と批評とで、文体そのものが変わらないですか。

蓮實　いや、変わらない。とにかく批評的な視点のない研究ほどくだらないものはないと思っているからです、世の東西を問わず（笑）。論文だって、批評的な視点がなきゃあしょうがない。研究に批評的な視点がなければ、人は読みません。その批評性がどういうところに出るか、何によって出るかというのは別問題ですけれども、批評ってやっぱり時代意識だと思う。「時代意識」というのは、単に歴史的にある時期を資料によって再構築するとか、そういうことではなくて、いまがどういう時代なのかを考えることです。ことによると、この視点にはこのような反論があり得るし、その反論をここで封じておいて自分が書き続けるならば、どこかでそれについて改めて触れなければいけないとか、そういう批評性です。それがなければ、研究であれ、批評であれ、いかなる文章も読むに耐えない。私がどうしてもエドワード・サイードの『オリエンタリズム』を評価できないのは、彼にそうした「批評性」が欠如しているからです。オリエンタリズムという概念をとりはらってしまうと、あとに残された西欧文学のイメージは驚くほど保守的なのです。それは、晩年の彼がアウエルバッハの『ミメーシス』を評価していたことからもうかがえますが、そうした古典的なユマニスムでは文学はもう読めないという認識が彼にはない。複製技術時代の芸術というものに対する時代意識が彼にはまったくないのです。それは、彼が批評家ではなく、文学に対しては単に大学の教師でしかなかったということを意味しています。だから、読んでいても、いっこうに怖さがない安全な文章なのです。その種の批評性の欠如がもたらす安全性に最もあふれているのが新聞記事だと思う。誰も新聞記事のように学問研究をしたりはしない。そうだとしたら、いわゆる論文に「時代意識」と「批評性」がもっと反映していい。ただしそれは対象に批評的な大小を問うとか、現代の問題を反映させるとかいうことではまったくない。

3　これでやる

――その時代意識はいかに獲得されるのか、やはり「向こうから来てしまう」のか、をお聞きするために少し回り道をします。蓮實さんの文章の中に、つねに二つのものが渦巻いているという感じがします。

蓮實　二つのものというのは、どういうことですか。

――いまおっしゃった時代意識という言葉にしても、括弧付きの「時代意識」という言葉が隣接してある気がするんです。普通なら、時代意識と括弧付きの「時代意識」との距離が問題となり、括弧付きの言葉がもう一方の裸の言葉へとどうしたら至れるのかがテーマになるのでしょうが、蓮實さんの文章ではその両者の隔たりが失われている。もしかすると、それは両者ですらなく、同じ言葉の中で擦れちがう運動が起きているのではないかな、と。読者というのは、その用語がプラスの意味で使われているのかマイナスの意味合いなのかを探りながら読みがちですが、どうもそのようには蓮實さんの文章は読めない。自分のとまどいにもとづいて言えば、「表象」「歴史」などという言葉、あるいは「露呈」というタームにも、擦過が起きていると思います。「印刷の人」という仮説をはやばやと崩してしまうようなのですが、印刷術に関しても、蓮實さんは「「紙」が、「印刷術」の特権化によって思考から排除されることで堅持される秩序」（「表層の回帰と「作品」」『表層批評宣言』一九七九年）と書いていて、揺動させています。文学と映画との間の緊張感と、上昇と下降が言葉の中で擦れあうという動きは関連があるように思います。フランス文学者が映画論を書き、映画評論家がフランス文学論を書くというように、両者は水平的なのでしょうか。

蓮實　映画については、フランス文学者としては絶対に書けない。それはもう、映画を映画として書かない限り書けないと思う。

――「映画を映画として書く」ということを補足していただけますか。

蓮實　感性の同時的拡がりをその場でどうとらえるかです。文学が対象なら立ち止まれるから、同時的な拡がりを何とでも制御できますが、映画はそれを許さない。

――とすると、その逆に映画評論家としてフランス文学論を書くこともできない？

蓮實　それはできるんです（笑）。なぜかというと、二〇世紀は文学の時代ではなくて映画の時代だからです。そしてその映画の刺激を吸収しえないで文学を書くというのは、二〇世紀に背を向けるかたちだと思う。映画の刺激なしに書ける文章は、二〇世紀のものではないと思う。バルトにしても、映画が嫌いで、映画に様々な条件をつけていながら、しかし彼の文章は映画が同時代に存在していた文章なんです。ところがサイードのものは、あたかも映画など存在していないかのような文章です。映画的な体験を引き受けるか、なかったことにするかということだと思います。

――「映画的な体験」というのはどういうことですか。

蓮實　複数の音響とイメージの中にたった一人の自分をおき、それで気が狂わずに済むかということです。映画なんてどう観たって、本来正気で観られるわけがないでしょう？　あれほど複数の意味、複数の音響が同時並行しているものを、何らかのかたちで統一する意思がない限り、気が狂わずに観ることはできない。では、どんな統一性を観客が自分の中に感じつつ、気狂いにならずにいられるのかということだと思う。

――「読むことと書くこと、つまりは存在の崩壊と同時的にしかありえない文章体験」という記述が「批評、あるいは仮死の祭典　ジャン＝ピエール・リシャール論」（『批評あるいは仮死の祭典』）にありますが、「映画的な体験」と「文章体験」の関係はどうなのでしょう。

蓮實　じつは「文章体験」も同時的な拡がりに身をさらすことではあります。テクストのある部分には、当然、読むものを言語の無表情の塊と向かい合わせる力が働いています。ただ、文学について書く時には、どこかで息がつけるということではないでしょうか。

――きわめて大掴みな印象を蓮實さんの文章について言うと、描写の凄味だと思います。通常、ことにいわゆる論文だと、論理によってワンステップずつ論旨が前進していくのですが、蓮實さんのは描写が前面に出ている。論理がないというわけではまったくないのですが、描写が主役になっていることにまず驚きました。「描写」は、何かのために有用というわけではなく、読むしかない文章体験ですから、要約や引用がしにくい。いわば、そのページから剥離しにくい。こうして、蓮實さんの文章は、読者が読む瞬間に向かって降臨する、という感じがもたらされるのでしょうし、描写は何かのプロセスとしてあるのではないから、ワンショットというか一気に開示された印象がある。「印刷の人」というイメージは、ヴァリエーションを持っていて、その「ワンショット感」とか「一気に開示された印象」などもそのうちなのでしょう。ただし、「一気に開示された」といっても、分かりやすく解説されたというのではなくて、文章が目の前を一気に覆う、といった感じです。いったん分からないと、何度読んでも分からないのかもしれない。なぜなら描写は、ワンステップずつ前進していくわけではないですから。さきほど蓮實さんがおっしゃった、原則論で書くといまひとつ面白くならない、というのは、そこに「プロセス」が出てきてしまうからじゃないでしょうか。

蓮實　私は映画について、例えば「ワンショット感」というように映画的に書いたことは一度もない。私の文章と映画と何か関係があるとしたら、むしろ文学に関して書いている時です。先の話は映画について書く場合のことですが、映画について書く文章の進み方に停滞があるとしたら、先に進みたいという力と、このシークエンスにもっと固執していたいという力の相克になるわけです。これは技術で解決できる問題で、しなきゃいけない。つまり自分がこれ以上この問題に関わったら、それは単なる自己満足でしかないと思い知れということです。読み直してみた自分がその部分を長すぎると思うかどうか、という技術の問題です。

――「描写」だけでは先に進めない。文章を進めていくのは、映画でいえばシークエンスとシークエンスの切断面のような、文章の段落の力なんじゃないかという気がするんですが。

蓮實　シークエンスの描写というのは、結局ミュージカルなんです。ミュージカル映画の中のダンスシーンで、物語は止まっている。歌っているにせよ踊っているにせよ、ダンスシーンというものは、物語を進めるものではなく、いままでの物語をなぞるようなシーンなのです。つまり二人の人間がまさに惹かれ合っている時に、その惹かれ合っているということをもう一度ダンスで示しているのです。それは説話論的な冗長です。しかしその冗長もここまでは絶対に大丈夫だという意識がないとダンスシーンは撮れないはずです。であるなら、自分が何かを描写する場合にも、当然それと同じ葛藤が自分の中に生まれてくる。

――読み直すコツというのはあるんでしょうか（笑）。

蓮實　読み直さなくても、そこは勘で分かると思います。「こんなに書いちゃった」ってことだと思うんですけど。

――蓮實さんの生原稿を読んだ最初の経験は『シネマ69』で、編集員の波多野哲朗さん、手島修三さん、山根貞男さんのどなたかからか、こんどこんな凄い論文が載るよ、と読ませてもらったのがはじめてでした。そのあと『エピステーメー』や『フランス語の余白に』（一九八一年）の本文組をデザインする際などにですね。『天上のヴィーナス・地上のヴィーナス』(一九八二年)でのボッティチェリ論では、印刷所が読めるように蓮實さんの生原稿をもう一度清書した記憶もありますが、書き直しがほとんどないという感じがしたんですが。

蓮實 原稿用紙に書いていたころは、全部最初から書き直したからだと思います。中上健次みたいな推敲は、私はまったくやったことがありません。いろいろな添削や削除があると、それを廃棄して、次のページからまっさらに始めたいということです

——『夏目漱石論』(一九七八年)を「ハリウッド四〇年代の活劇の文体で書いた」(「彼自身による弁明」)というようなかたちで映画を直接に意識することは、いまでもありますか。

蓮實 いまはあんまりなくなりました。あのころはまだ若かったから、同時並行的な執筆がけっこう平気でできていたんで、これは「B級」映画でやる、これは「WB活劇」でやるということを自分に言い聞かせて、睡眠時間の減少に耐えていたということです。

――「これでやる」というテンションのかけ方は、書くことに必要だと言えますか。

蓮實　どんな場合にも必要かどうか、むしろテンションはないほうがいい場合もあるかもしれないし、そこは何とも言えないと思いますが、忙しかったりいろいろなものが同時進行している時は、「これはこれでやる」ってやらないと、全部が同じになっちゃうっていうことはあると思う。

――「これでやる」というのとは少し違うと思いますが、文字のたたずまいに一気に接近してしまうことにも、最大効果を計っている蓮實さんを感じます。蓮實重彦の文章をもうひとりの蓮實さんが見ているような。その距離感から独特のユーモアが醸成されるのでしょうね。スピーチでの蓮實さんのユーモアには定評があります。

ところで蓮實さんは、映画雑誌『リュミエール』（一九八五―八八年）の編集長だった一九八八年からワープロを使い始めたそうですが、意識的に文体を変えたということはあるんですか。少し柔らかさが打ちだされている気がしますが。

蓮實　文体を変えたということはないと思う。たしかに読み直してみれば、昔はこんなものを書いてたのかと驚くことはあると思いますけれども、文体の変化というのは自分が意識して導入したものではない。最初にワード・プロセッサーに向かって横書きで書類を書き始めた時は、おそらく原稿は必ず手で書くだろうなと思いつつやっていたわけです。ところが、その原稿も知らぬ間にパソコンで横書きになってしまっている。そのための文体の変化は当然あるでしょうけれども、それは自分が選んだというよりは、時代がふと招き寄せてしまったものです。

――それも、ある意味で歴史性の中にあるということですよね。

蓮實　ちゃちな歴史性ですね。同時代性に折れたという程度のことでしょう。

――いま振り返ると、自分のデザインもバブルのころのデザインってあったと思うんですね。「ちゃちな歴史性」と関係するんですけれども、電算写植というシステムを使って何度でも文字を打ち直しながらノイズいっぱいのレイアウトを獲得していた時代もありました。蓮實さんの文体に時代背景の影響はありませんか。

蓮實　それは自分ではちょっと意識しようのないところですが、そう違っているとは思えない。もちろんある程度優しくなっているということはあると思うし、無意味に呼吸を自分で整え直すということもしないようにはしていますけれども。

――先日、『帝国の陰謀』を読み直そうと思ったら、新聞の切り抜きが挟んでありました。『朝日新聞』の夕刊に蓮實さんが書いた「日記から」という一一回連載のコラム（一九八一年）です。このコラム、ほかの人は、何月何日どうしたということを書くのですが、蓮實さんはド・モルニー公爵のことを一一回まるまる書いてしまって、どこが「日記から」なんだとびっくりした覚えがあります。ここでも人を驚かす最大効果が狙われている。

蓮實　マスメディア的な媒体というのは本来図々しいものであるから、その図々しさは自粛しないということじゃないでしょうか。

――「マスメディア的」とは？

蓮實　その場で消費されうるものということです。

――ド・モルニー公爵が登場人物ということで言えば、「日記から」というコラムが『帝国の陰謀』という書物へと変貌を遂げたとも見えるわけですけれども、この間、ほぼ十年たっています。『帝国の陰謀』のあとがきには、「この薄くて軽い書物のしかるべき部分」はゼミナールでずっと取りあげてきたと書いたうえで、「だが、すべては、つい最近起こったことがらなのだ。そのころ、この書物の著者は、まだド・モルニーと瞳を交わしてはいなかった。彼が、振り向くともなくこちらに視線を向けたのは、実際、ほんの数カ月ほど前のことに過ぎない」と記しています。このふしぎな書きぶりがおもしろくて仕方がない。俗人の理解では、蓮實さんに本を書かせようという動機が訪れたのでしょうが、「この書物の著者は」と人ごとのように、そして「彼がこちらに視線を向けた」と書きます。「向こうから来てしまう」気配ですね。ここで発酵している十年はどういったものでしょうか。

蓮實　『帝国の陰謀』は、私の書物としてはめずらしく書き下ろしなのです。東大や立教で授業をしていた時は、これをまとめて本にするなどとは思っていなかったのだと思います。それがある時、これも書物になると思ったのでしょう。

4　お前さんの感動なんて知れたもんだ

――作品との関わりを、蓮實さんは様々に、かつ精緻に描写していると思います。一例では、「およそ「作品」と呼ばれるものと関わりを持ってしまうことは、環境として慣れ親しんでいた言葉の秩序が不意にあやういものとなり、無秩序という秩序しか支配していない別の系列へとむりやり移行させられることである。言葉はいきなり白痴の表情をまとい、経験的な「知識」では統御しえない遙か彼方へと身をひそめ、その非人称性と越えがたい距離とによってわれわれを無媒介的に犯し、遂にそれと等しい白痴の表情をまとうことまでを強要しにかかる。だから、日ごろの読書行為の中で襲われる眩暈に捉われたまま、われわれは新たなる環境に順応しようと躍起になるのだが、勿論その方法はどこにも示されていない。そこで漂流が、存在の崩壊がはじまる」（「限界体験と批評」『批評あるいは仮死の祭典』）といった文章が思い出されます。

「溺死に近い体験」とも書かれることのある、この「漂流してしまう」感覚を個人的な体験に探ってみたいと思います。前出の安原さんが、「ぼくがその昔、インタヴューさせていただいた時」、そこで蓮實さんが「二十一、二歳の時、フランスに留学した折、言葉が言葉を超えて他の言葉を引き寄せたり招いたりすることがあることに」目覚めた、と発言された、というように語っています。

蓮實 それは多分フランスへ行ったこととは関係なくて、フランスに行った時にやったのは、さっきお見せしたように自分でカードを取ってそれを先生に見せて、先生がいちいち返してくれるということだった。それが最初のフランス留学であって、その段階において漂流とかそういうことが起こったということはなくて、「漂流」はフローベールを読むことから来ていると思うから、それ以前から一貫していると思います。

――フローベールを読むことが、決定的な個人の実感としてあった?

蓮實 つまりフローベールも当然のことながら歴史的な存在であって、一九世紀の中頃という、フーコーが言う「言語が露呈した時代」に対応するかのように、彼自身も「漂流」、あるいは地盤の崩れというものを絶えず気にしていた人だということだと思います。私は何度もフランスへ行っていますけれども、間違いなく記憶しているのは、ドゥルーズの『差異と反復』を二度目のフランス滞在（一九七一―七二年）の時にじっくり読んだという記憶です。フーコーはそれ以前に読んでいました。

――その『差異と反復』に関しては、「真の複製の大量生産にも、反復の近代的な意義にも、オリジナルの価値下落にも、知性は生理的にたえられなかった。この領域で、人類は、かろうじて、ドゥルーズの『差異と反復』（河出書房新社、一九九二年）を持ちえたのみなのです」と蓮實さんが語っています（絓秀実・渡部直己・守中高明・菅谷憲興によるインタヴュー「Ⅲ 思想と歴史をめぐって」『「知」的放蕩論序説』）。『差異と反復』をじっくり読んでいる時期と『仮死の祭典』の文体が形成される時期が重なっているのでしょうかね。

蓮實　『仮死の祭典』の中でも書いていたんじゃないかと思うんですけれども、言語しかない空間というものが一九世紀についに歴史の中に出現してしまったわけです。それは、表象から離脱した裸の言語が空間を覆ったということです。表象から離脱していない限り、言語などいくらでも理性で読めるから、「漂流」も「仮死」も起こらない。ところが一九世紀の歴史的な現象として、表象空間に保護されていた言語が、そこから解き放たれた時に、いわば量として空間を埋めてしまった。そのときに「書く」ことはどのようにして可能かというのが、その「漂流」の問題ですから、単に相手とともに揺れるということではないわけです。

――精神科医が「共振」と言いますね。患者さんの側に行って帰ってこれなくなることもある。

蓮實　精神分析の体験は非歴史的なんです。被験者と験者がいる、その間の関係ですから。それは表象空間が崩れた後に空間を充たした言語の中での息苦しさというものとは違うと思います。

――「およそ「作品」と呼ばれるものと関わりを持ってしまうこと」は、単に対象とともに揺れるということではないとすると、感動はどこに行くのでしょうか。『ミスティック・リバー』のテラスのシーンで、蓮實さんもふっと引きずられた瞬間があるんじゃないかと理解したのですが。我を忘れて見入ってしまった瞬間が。

蓮實　いや、それは「感動」かどうかよく分かりません。向こうから来るわけですから、あそこで感動して、ああ凄いと思ったわけではないです。もっと凄いと思ったところはたくさんあるわけです。それはさっき言ったように職業的なもので、相手が弱いと透けるということですね。言語体験の「溺れる」ということは、それとは関係ないです。『ミスティック・リバー』のあれは、確かに向こうから来たものではあるけれども、操作可能なものです。職業的に操作可能なものをどのようにして向こうからこちらに呼び寄せるかという話だから、それは「仮死体験」じゃない。

――では、蓮實さんが『ミスティック・リバー』で感動したところがあるとして、それを書くテクニックというのはあるんですか。

蓮實　「感動的だ」ってあからさまに書いちゃった文章が私にもいくつかあると思いますけれども、それはほとんどレトリックだと思っていただければいい。本当の感動したところについては書けない。

――そうすると「論文作法」としては、「感動など書くべきではない」というのは一項立ちますか。

蓮實　書けるなら書いてみなさい、ということですね。誰かそういうことが出来るというなら、読んでみたいですねって気はあります。

――先にも触れた蓮實さんの『夕陽の河岸』論で、こういう件りがあるんです。「一行読み進めるごとに気温が変化し、異なる風土が出現しているとしかいいようのない運動が言葉を支えており」……。

蓮實　それは褒めすぎかもしれない（笑）。

――それはともかく（笑）、この文章は描写についての描写と読めるんですが、安岡さんの文章そのものでもよいですし、こう書く蓮實さんの文章でもよいのですが、これらの言葉の運動を駆動させるものは何でしょう。動機にとらわれて言えば、対象への感動なり、反感なり、何らかの交錯や共鳴から這い上がろうとする意志が、文章を書かせるのではないですか。

蓮實　違うと思う。さっき言った、表象空間から離脱した言葉が空間を充満させてしまった中で読み、そして書くということは、感動も何もない、ただ苦しい、息詰まる、疲れる経験です。それは感動というものとはまったく違う。

――あくまでも「論文作法」の観点からお聞きしますが、人が書く時に、どんな契機によって書くものなのか、ということは?

蓮實　感動もなく、しかも何かいきいきとしたものがそこに出てくるように書かなきゃいけないと思う。たしかに、「ほんとは何が好きなの?」って聞きたくなるような論文はたくさんあるんですけれども、感動したことについて書くという条項は、論文作法には一切なくていいと思います。むしろ読者を感動させる技術のほうが重要だと思う。ここに感動したということを書いた文章でおもしろいものはない。

――最近、雑誌や新聞で目にする文章で、「感動をもらった」という表現をします。

蓮實　それで「ありがとう」って言うんですよね(笑)。感動なんか、お礼も言わずに盗み取れっていうんです。もっとも、たかがお前さんの感動なんて知れたもんだというのが、まず最初にあるわけですが。

——それはある種の「歴史意識」ですね。

蓮實　そうです。個人の感動なんてたかが知れている。あなたが好きなものなんて、これまでに百人の人が好きだったものだ。それと自分とが同じなのか同じでないのかということをまず見極めなさい、ということです。これは私自身の言葉だとあまり信用されないから、誰か偉い人の言葉を引いておきましょうか。例えば、『宗教の理論』でジョルジュ・バタイユはこう言っています。「ある一つの思想の基礎的な土台は他者の思想なのであって、思想とは壁の中にセメントで塗り込められた煉瓦なのである。もし思索をめぐらす存在が自己自身を振り返ってみるときに、一つの自由な煉瓦を見るだけで、この自由という外見を手にするためにその煉瓦がどれほど高い代価を支払っているかを見ないとすれば、それは思想によく似ているがその擬い物にしかすぎないのである」。この「自由な煉瓦」などない、というのが歴史意識なのです。

——時代意識はいかに獲得されるのか、やはり「向こうから来てしまう」のか、にようやく戻れた気がしますが、「見極める」というのは、調査するということですか。

蓮實　単純に、人の文章を読んでみれば分かる。あ、同じこと書いてる、と。要するに、自分の言葉と思っているものの大半は「他者の思想」にほかなりません。そうしたら自分が書けることがどれほど限られているか分かる。大学の論文なら、その限られた中で自分がどこまで他人を説得しうるのかが問われます。説得が不可能だとしたら、とりあえずの他者である教師に、ああ、こいつは少なくとも今後伸びる何かを潜在的に持っているっていうことを訴えかけるしかないんじゃないんですか。

——すると、テーマの選定は、いまやそうとう難しいですね。

蓮實　ええ、たしかに難しくなっていると思います。他人がまだやっていないことが何かを知るには、まず他人が何を考えて来たかを知らねばならないからです。また、他人が何もやっていないことのすべてに意味があるわけでもありません。さらには、他人がやっていたことがその主題にとって必ずしも有効でないと判断される場合もあります。例えば、私の『監督 小津安二郎』（一九八三年）は、すでに多くの他人がやっていた主題を扱っています。それをあえてやるには、ある程度の勝算がなければならない。また、『凡庸な芸術家の肖像 マクシム・デュ・カン論』や『帝国の陰謀』は、当時は国際的に見て誰もやっていなかったことです。少なくとも、私は、すでに多くの人がやっていたことと、まだ誰もやっていなかったことの両方を試みてみたわけで、そうすると、テーマの選定は、確かに難しいけれど、まったく不可能でもありません。

——蓮實さんは、「「批評」が「制度」として温存されうるために各自に疑問符の捏造を強いている」と書いていて、ダメな疑問符の例として、「批評とは何か？」「批評はいつ始まるか？」「批評と創作はどう違うか？」「批評の方法はいかにあるべきか？」「批評の現代とは何か？」を挙げています（「言葉の夢と「批評」」『表層批評宣言』）。聞き手としては、まさに「論文とは何か？」「論文はいつ始まるか？」「論文と批評はどう違うか？」「論文の方法はいかにあるべきか？」「論文の現代とは何か？」を尋ねようとしていて、まいったなと思うのですが、気を取り直してうかがいます。テーマの選び方が重要なんですか、それとも、テーマの取り逃がし方と取り戻し方が重要なんですか。

蓮實　いや、テーマの選択だけでは論文は書けません。問題は、いわばグローバル化されていると言ってもよい歴史意識の希薄化にどう対処するかということだと思います。たった一つの文脈で何かが語れるはずがないという自覚を持つことが重要です。ということは、現在では、多くの人が、文脈間の階級闘争の不在を前提として書いているということです。つまり、カルチュラル・スタディーズだの、ポスト・コロニアリズムだのといったコンテクストだけでは、当座はそれでよくとも、その後、伸びるはずがない。ただし、だから駄目だと言っても始まらないわけで、それではいまそのようなコンテクスト間の闘争が消えてしまった時に何ができるかということなのですが、それに関して、誰も方向を示してはいない。私はそのような方向のなさについて、もう少し若ければちょっかいくらいは入れたかもしれないけれども、そんな気はもうさらさらない。文学が崩壊しても、人文科学書の売れ行きが悪くなっても、どうでもいいと思ってるわけです。

――自分がこの論文をなぜ書くかといった時に、もはや感動とか、書く動機とか、書きたい欲望といったように主体論的には捉えられない？

蓮實　それは一種、人生設計のお話になってきますからね（笑）、どちらでもいいと思いますが、絶対好きだというものについて書かれたもので、ろくなものはないということは確かですね。

――いま、動機なき「論文作法」とでもいったすごい話を聞いているわけですね。メディアの性格によって文章を書き分けるのは、「儀式」性の具体化だとも言えるのでしょうか。論文もメディアのひとつである以上、その「儀式」性が冷徹に見られなければなりませんが、「儀式」によって「希薄化される」のは語る主体の方である」（「限界体験と批評」）との蓮實さんの指摘もあります。そんなこんなで、「書きたい」という欲望は、現に崩れかけているんじゃないでしょうか。

蓮實　批評に関して言えば、それは単純な話だと理解している。浅田彰が悪いんです（笑）。彼自身が悪いわけではなく、浅田彰の『構造と力』の読まれ方の問題ですね。あの本は、お前さんたち、ものなど安易に書くなよという本だからです。複雑そうな問題に出会ってもそれに悩むな、問題はこれほど単純なことだと還元してみせてやるから無駄な努力はするな、という本でしょう。そうすると、それが読まれた瞬間に、著者である浅田彰が書きたい欲望を持った人たちのジェラシーの対象ではなくなっちゃったんです。もちろん、柄谷行人のように書きたいという反応が正しいかどうかはともかく、柄谷さんまでは、彼の書物が書きたい欲望の持ち主にとってのジェラシーの対象だったわけですけれども、浅田さんは、無用なジェラシーは持つな、無駄な努力はするな、分かるものは簡単に分かる、お前たち知的貧乏人は書くなという話です。それが二十年かかって完全にローブローとして効いてきて、書くことへの欲望が低下したんだと思う。結果的に浅田氏が、彼の本意だったかどうかはともかく、日本のこの種のジャーナリズムを合衆国化したんです。ですから、バルトなんか読むことはねぇんだよ、『バルト・リーダー』を読んでいればいいんだということになってしまった。その種の書物が刊行されずにいたことは、日本の知的な自負だったのですが、いまでは、かなりの出版社までがその種の本を刊行しています。

――同じ映画やダンス公演を観たあと、浅田さんのコメントを読むとふしぎな感じがします。自分は何を見ていたんだろう、とこっちの頭の悪さを痛感します。とても同じものを見ていたとは思えない……。

蓮實　いかなる意味でも浅田彰は批評家ではない。彼に「批評」なんかにつきあっている暇はないんであって、対象の分類と、対象が示した時間的な持続と、それがおさまるコンテクストをどうとらえることができるかに関して心得ていればそれでよい。ただし、その後に彼が書いたもので本当にすぐれた「書物」はほとんど何もないでしょう。私ほど悩まずにいくらでも書けるんだから、彼のほうがたくさん書けるはずなんですけれども、書きませんよね。批評家でも作家でもないわけです、彼は。それでいて社会が必要としているという不思議な人です。

——時代的に、感動が歴史と垂直に交わることがなくなったということですか。

蓮實　いまをどのように把握するかってことなんです、歴史ということより。そして「いま」はどこまで遡及可能かということを。それは最低限のことだと思う。

——批評家としてですか。

蓮實　いやいや、それはもう人間の思考の問題だと思います。そんな理屈を立てたって、こういう理屈も立つだろって言えそうなことが、文脈間の闘争なしで平気で出てくる。

——しつこいようですが、蓮實さんがものを書く動機というのは、端的にどこから沸いて出るんですか（笑）。

蓮實　私ほどの年齢になると、これは書けるといういくつかの抽斗があって、その中にたくさんのファイルが残っているものについて触れていこうということで、『ジョン・フォード論』をやりたいと思うし、『『ボヴァリー夫人』論』もやはりやりたいと思います。いまの私にとっての「書く」とはそういうものであって、「書きたい」という単なる欲望はありません（笑）。ですから整理の時期に入ってきていると言えるのかもしれません。ただし、『『ボヴァリー夫人』論』を書くためにはやはりフィクション論をもう少しつめておかねばなるまいと言って、ボヴァリーを最終的に書かないための口実と思われても仕方のないようなかたちで迂回してばかりいます。あえて言うなら、この迂回が書くことの動機と言えるかもしれません。

Rancière-Fiction-1

Jacques Rancière, *La Parole Muette, Essai sur les Contradiction de la Littérature,* Hachette Littérature, 1998

Première partie «De la poétique restreinte à la poeetique généralisée»
1 De la représentation à l'expression

文学的**«Pétrification»**
サルトルによるフローベール批判（石像の口から漏れる石の言葉）、マラルメ批判（沈黙の塔）は、ブランショの文学擁護を意識しつつ、逆説的ながら、ヴィクトル・ユーゴーの『パリのノートルダム』におけるロマンチスムの詩学を批判した１９世紀における伝統主義者につらなる（parole vivante の擁護）。

ロマンチスムと古典的《文芸 **les Belles-Lettres**》を隔てるもの：**Batteux, Marmontel, La Harpe** によって擁護されたアリストテレス的な詩学（表象）の逆転
inventio(題材の選択)：行動する人間の表象
dispositio(諸部分の配置)：
elocutio(言説にふさわしい修飾)

アリストテレスにおける「フィクション」の原理
1) 詩とは、言語の規則的な使用ではなく、物語である（mythos）。フィクションはそれにふさわしい「空間―時間」を前提とする（ドン・キホーテはそれを崩す）
2) しかるべき「ジャンル」にふさわしくあること（généricité）。その際、ジャンルとは形式の問題ではなく、表象される者の性格による（高貴な精神/普通の精神。徳の階層：賛美するか貶めるか）。
3) 適合（Convenance）：古典主義は、規則の遵守ではなく、適合の様態である。
4) パロールのパーフォーマンス(Performance de parole: idéal de la parole efficace)

そこから Vraisemblance fictive の４つの基準：一般的な文法規則としてではなく、次の４つの基準をどう案配するかという才能の問題となる。
1) Naturelle 情熱の本性一般への適合
2) Historique しかるべき人間集団（国民、個人）
3) Morale 世情にふさわしい趣味
4) Conventionnelle ジャンルに相応しい行動、性格の論理

適合は次の三つの存在の調和によって支えられる
1) 作者　２）表象された人物　３）表象（上演）に立ち会う観客：観客とはパロールを学びにくるものにほかならぬ（commander, convaincre, exhorter, délibéler,enseigner, plaire)

フィクション論『「赤」の誘惑』のためのノート

——書きたいという欲望がないということは、例えば蓮實さんの最初の映画論「アラン・レネ、あるいは鏡を恐れるナルシス」（一九六八年）は、『シネマ69』の波多野哲朗さんと山根貞男さんに言われなければ絶対書かなかったとか、そういうことは以前からおっしゃってましたよね。いつも、自分の中に動機はないんだ、と。あるいは「誰に頼まれたわけでもないのに義務感に駆られて買って出てしまった」とか。

蓮實　それはずいぶんあると思います。ただし『シネマ69』の創刊号でレネ特集をやるならば、私が書くよりもレネにフランス語の手紙で質問しましょう、というようなことを言い出したんで、その点では、いわゆる職業的な編集者ではないんですけれども、エディターシップみたいなものは最初のレネ論からあったと思います。

——蓮實さんは、「見てみたい」ということをよくおっしゃいます。いまので言えば、レネの答えを「見てみたい」。同時に、蓮實さんは「動く人」でもあって、これは、蓮實さんが山根貞男さんとともに運営に携った東京国際映画祭（第九回、一九九六年）の印刷物作成の時なんかでも、副学長がそんなにまめに動かなくてもよいのにと思うほどのフットワークでした。普通なら、「見てみたい」という動機があって、つぎにやおら「動く人」が追随してくるのでしょうが、蓮實さんの場合、「見てみたい」と「動く人」が相即に貼りついている気がします。蓮實さん自身の叙述に「何の準備もなかったはずの心に「問い」と「答え」が一つの言葉としてかたちづくられるといった瞬間的な事件こそが「問うこと」の積極的な資質」（「言葉の夢と「批評」」）というのがあって、蓮實さんは言行一致だなと改めて思いました。「見てみたい」というのは、いまだかつてなかったことが目ざされているのですから、歴史性を持っているんですね。

蓮實　うーん。「見てみたい」というのは、単に意地汚いだけではないかと思いますがね。

5　バルトで終わってない、と

――東大総長時代（一九九七―二〇〇一年）は制度上、学生を指導できなかったそうですが、フリーになったいまは、学生の論文を読む機会はありますか。

蓮實　いまはもう大学を離れていますから論文指導はやっておらず、ときおり頼まれて博士論文審査だけをやっていて、去年、一昨年と、退任後も四つか五つかくらいやりましたかね。かつては、どちらかというと怖い教師で、絶えず学生を泣かしたんですね、口頭試問の時に。いまは、他人から見ると非常に優しくなったそうです。私自身は優しいとは思ってないし、いつも厳しいことを言っているつもりでいるのですが、自分が育てたのではない人の文章を読むわけですから、ある程度の客観性があるのでしょう。ただし一般的に言って、論文審査には役割分担がいるんです。つまり、検事になる人と、弁護人になる人と、正当な判断を下す裁判官になる人と。だから、私がフランスで博士論文の審査を受けた時も審査の教授は三人いたと思いますけれども、検事の役を誰が演じるかというのは、かなり問題なんです。いまは、だいたい論文審査の最後のあたりを担当するので、すでに検事がいた場合には検事はやらない、検事がいなかったら検事をやるというかたちになってます。

——以前、学生を「泣かせた」頃は、どういうことを学生に言ったんですか。

蓮實　多分、非常に抽象的なことをごく当たり前のように書いているのを、あなた、これ本当だと思います?と。ほとんどそれで泣かしたと思う。論文審査というよりも、ものごとはそんなに単純じゃないでしょ、ということを繰り返し言ってたんだと思います。

——その意図は学生さんに伝わりますか。

蓮實　それは、真っ青になって泣いちゃった子は覚えてないかもしれませんね。……これは、去年やった博士論文の審査のレジュメですね。

——工藤庸子さんの『ヨーロッパ文明批判序説』についてのものですね。これを口頭でおっしゃるわけですか。

蓮實　これをこのまま朗読するのではありませんが、一応、これをもとに審査をしています。この種のレジュメは、後半部分はたいてい論文の不備のある細部を列挙していますから、それを一つ一つ聞くんですが、比較的それをやる人が少ないんです。具体的にここは問題だろう、ここは違うだろう、と。おそらく、それがいちばん為になるんじゃないかと思うんですけどね。

民文学」が語られても、そこに国民の影が不在だからかもしれない。ここでは、ベンヤミンを直接導入しないまでも、都市を遊歩するものの出現というベンヤミン的な視点がどこかで必要だったような気がする。「海の論理・陸の論理」から「一つの国家・一つの言語」までの数章(p.138-p.156)は、やや単調な事実の確認に終わっており、この段階で植民地主義との関係で当然言及されてしかるべき「インド・ヨーロッパ祖語」の発見に触れられていない。ヨーロッパにおける「国語」イデオロギーは、とりわけ18世紀、19世紀においては失われた「起源」としての「インド・ヨーロッパ祖語」による言語系統図のイデオロギーと無縁ではないからだ。「共和国」について語られながら、一方でその起源としてのローマに触れられておらず、他方、「民主主義」についても語られていないことが、第3部ではある種の欠陥のようにも見える。Pierre Rosenvallon の *Le Peuple introuvable - Histoire de la représentation démocratique en France* あるいは Raymond Huard の *Le suffrage universel en France* などがどこかで引用されてもよかったのではないかと思う一方、Hugo に先立つ試みとして共和主義者 Eugène Süe の *Les Mystères de Paris* への言及があってもよかったのではないか。

フローベールへの言及で始まりフローベールへの言及で終わる第3章では、「神は死んだ」の導入を避けることで、著者の命令のない誘惑の筆遣いがよみがえっているようにみえる。ロマン派的な夢想とは異なるところに『聖アントワーヌの誘惑』を位置づけたフーコーにここで初めて言及されているが、ここでも著者は「燃え上がる図書館」という比喩が引きずりがちな思考の飛躍を自粛している。だが、ここでの著者はより重要な何かを自粛しているように見える。ヨーロッパにおける仏教の発見をめぐって、その経緯については無知だという著者は、「いたずらに私的な省察をまじえて全体像をゆがめることがないように」心がけている点にもそれはうかがわれるが、おそらく自粛されているのは「文学」だろう。「セム対アーリア」の章におけるプルーストへの言及（3ページ）はもっと読みたいし、ドゥルーズの『プルーストとシーニュ』における「アテネとエルサレムの対立」という視点に対する批判も読みたかったと思う。「非宗教性の時代のキリスト」の章のフローベールへの言及も、フーコー的な問題体系の中でもっと時間をかけて読みたい気がする。その不満というか非充足感は、「キリスト教世界の不寛容」に先立って語られている「オリエントの叡智」の短さを前にするときにも感じる。その「叡智」とは、『ペルシャ人の手紙』や『ザディッグ』を通してヨーロッパ文明批判を可能「鏡」の効果のみをいうのだろうか。クライマックス性を排した最後で、ラルースの「大辞典」とフローベールの「百科事典」における Cèdre の項目の比較を通して二人の知への関わり方の違いを指摘しながら、「そのことを考えるのは、『文学』と『批評』に固有の課題であるだろう」とのみ記しているのは、それは自分にも充分可能だが、ここでは語らないという自信の表明なのか、それともつつましい優雅さの問題なのか。読み終えた後、工藤庸子的な優雅さがしりぞけている下品なものが、いつかその視点で把握されることがあるのか、最後まで排されて行くのかが気になる。一部くり返しになるが、それは、群衆、写真、新聞、新聞小説、万国博覧会（「国際植民地博覧会」。p. 136 には触れられているが）などである。こうした下賤なものは、「地域文化」ではなく、「表象文化論」にまかせておけという蔑視がはたらいているのだとするなら、それは優雅ささとは別の問題のはずである。

細部の疑問

p. 228

問題(1):「コロニアリスム」p.p. 24-25 「イデオロギー的」p.95「異議申し立て」
問題(2):17世紀の辞典から antropophage の定義をめぐって。p.35「時代の集合的ファンタスム」p.66 p.74 p.109(「タマンゴ」)　言葉に充満するファンタスム
問題(3):ジョアン二世
問題(4):「私たち」
問題(5):「暗喩」。p. 136
問題(6):「モール的」p. 164 と「モーロ人」p.363

2

博士論文審査

2003/09/26

工藤庸子『ヨーロッパ文明批判序説』

蓮實重彦

方法、構成、文体

第１部「島と植民地」の部分ではあえて「帝国主義」に触れず、第２部「言説としての共和国」ではあえて「民主主義」について触れず、第３部「キリスト教と文明の意識」ではあえて「神の死」に触れていない。それが工藤庸子の知的なつつしみからくる優雅さにほかならない。全体が３部からなるこの書物には、フローベール的ともいえるDédramatisation の美学が支配しており、『「ナショナル・ヒストリー」から「国民文学」へ』で分析されているユゴーの『レ・ミゼラブル』のように、「大衆」教化の使命感が「鼻につくほど教訓的に反復」されることを自粛している。

例えば第１部にハンナ・アーレントの『全体主義の起源』を導入すると、そこにかたちづくられるだろう理論が、「島」というトポスへの著者のほとんど官能的といえる執着を体系性の犠牲にしてしまいかねない。大きな枠組みからではなく、細部から植民地的な想像力にせまるというこの書物独特の視点をかたちづくっている。「浮かぶ沼地」としての船底に漂う腐臭に言及しつつも、嵐の中にはためくヴィルジニーのヴェールへと視線を誘うという緩やかな言葉のつらなりが、工藤庸子的なエクリチュールを特徴づけている。ふと思い出したように、だが充分な配慮のもとにメリメの『タマンゴ』やユーゴーの『ビュグ・ジャルガル』を文中に導入する手つきの優雅さは、おそらく第１部をきわめて魅力的なものにしている。そこでは、植民知的な想像力が、ベルナルダン・ド・サンピエールからメリメまで、あるいはことによることによるピエール・ロチまで大きな変容をこうむることなく維持され、Victor Schoelcher の存在にもかかわらず、フランス革命は何も変化させなかったことを穏やかな言葉で理解させてくれる。あるいは、アレクサンドル・デュマの場合のように、「奴隷制の告発とイスラーム蔑視の感情」(p.120)の矛盾なき共存というより厄介な事態を招き寄せたことにも触れているが、著者は、そうした事実を「論証する」という下品な姿勢をとらない。そこから、例えば、サバルタンといった決定的な概念の提起によって自己を正当化する「ポストコロニアル」的な視点から距離をとり、同時に、サイードの「正典」化にも手をかさずにおくことになる。そこから、急がないこと、他を圧する細部の誇張をさけること（思考の民主主義の実践）、過度の論証性を誇示しないこと（思考を中断しないこと）、クライマックスを避けること、という優雅なディスクールが導きだされる。その優雅さは趣味の問題ではなく方法である。それは、読むものに、先回りすることも、立ち止まることも、ジャンプすることも許さず、著者ともっぱら同じ速度で歩めというあからさまな命令を欠いた誘惑となる。その誘惑に屈した者にはたした批判の視点が残されているだろうかといくぶん心配にならざるをえない。

審査員にとっては幸いなことに、第２部ではその命令を欠いた誘惑がややゆるむ。そこに召喚される３つの名前―ミシュレ、ユーゴー、ラルース―を中心とした構成が、第１部に較べてやや自由闊達な拡がり欠けているかにみえるからである。それは、「島」というトポスのかわりに「国語」と「国土」という概念が問題となるからだろうか。「わたしの興味を誘うのは、障害として立ちはだかる海だ」というの第１部の主調低音にあたるものが第２部には見当たらず、その役割をはたすかにみえたマルローの『王道』の密林も早い時期に放棄される。「海」というたゆたうものの不在が、ミシュレとユゴーとラルースとの３人の関係をややスタティックなものにしているという印象は否めない。それは、「国

1

博士論文審査のためのレジュメ一例

――大仕事だな。

蓮實　論文を読んで論点を整理したレジュメを作るのに一週間くらいかかります。ただし、それだけの時間をかけても交通費しか出ません。私の家から大学までは往復二四〇円なんですが、それを銀行振り込みでくれるんです。

――手数料のほうが高い（笑）。例えば、この論文は非常によくまとまっているけれども、こいつはこの先伸びないなとか、論文はいまいちだけれども人間はおもしろいとか、論文と筆者の齟齬はありますか。

蓮實　それはありますね。「買い」というやつです。試験も同じですが、多少の失敗はあっても潜在的な資質に賭けるということは、教師の責任としてやらねばなりません。また、話は逆ですが、自分では全然覚えていなかったんだけど、松浦寿輝の修士論文の時に、こんなよくできた論文を二度と書くなって言ったそうです。

——（笑）蓮實さんご自身は、東大の修士論文の審査のとき、たしか杉捷夫教授に「論文はもっとしっかり書かなければいけません」って叱られたそうですね。

蓮實　たぶん、評論じみているということだったと思うのですが、当時は本当に生意気でしたから、たかが東大教授に何が分かるかみたいなことで、全然気にしなかった。事実、フランスに行ったら、その方向でよしと言われました。

——渡辺一夫が主任教授だった時代ですよね。当時の東大仏文学科の論文作法というのは、いまから振り返って、どういったものだったんですか。

蓮實　まぁ死んでましたね。ただまじめに書けばいいということで、先生がどれだけまともに読んでくれたのか、分かりません。論文審査の基準がまだできていなかったのかもしれない。フランスで教育を受けた世代が教師になってからは、かなり厳しくなりましたね。私自身、フランスで論文指導を受けたことは、その後、本当に役に立ちました。一月に一度か二度、リカット教授の書斎で、そのつど二、三時間みっちり絞られましたから。こちらの出来が悪いと真っ赤になって怒られました。東洋人の若者を真っ赤になって怒る先生って素晴らしいでしょう。

――繰り返すようですが、こうした研究論文は、いわゆる「批評」とまったく違いがないとお考えですか。

蓮實　ええ。「書く」ことが基本である限り、同じだと思います。ただし論文の場合には、私が評価するだけではなく、世界の人に普遍的に意味が理解されないと困るということは何度も言っています。仮にその人がアメリカで職業に就きたいと思った場合には、そのことを考慮しながら書くべきだろうということです。どんな文章でも、何語に訳されても立つものでなければいけないと思っていますが、特にアメリカでは、大学内で流通している文章と、大学以外のところで流通する文章というのは、やっぱり用途が違うわけです。それぐらいは、最近の若者はみんな心得ているようです。

――先ほども、媒体を意識して書くのは当然の職業倫理だとおっしゃいましたが、文脈の違いによってある文章が有効か無効かは異なるわけですよね。そうすると世界中で、業績としても批評としても通用する文章って、どういう読者というか共同体が想定されるんだろうと、素朴に思ってしまうのですが。

蓮實 それは二〇世紀の後半に限られた歴史的な問題ではないかと思い始めています。サルトルは、彼自身は大学には残りませんでしたけれども、『存在と無』は世界に通用する。フーコーだって誰もが読む。それが薄められてアメリカに行った時に、死んだんだと思います。もちろんアメリカでもフーコーを大学以外の場で、アーチストが読むケースもあるし、建築家が読むケースもあるんだけれども、アメリカという国の批評精神の欠如というのは――日本もそうですが――、信じがたいものです（笑）。単純な話が、『現代思想』で先月『マトリックス』の特集をしたでしょう。あの特集のあらゆる文章の批評精神のなさ、あれがいま、「世界」になりつつあるんです。多少批評精神があれば、ジジェクが書いている程度のものを、馬鹿お前、そんなものは映画見なくたって書けるじゃないかって笑う人がいなきゃいけないわけでしょう。ショットも構図も照明も見ないで書けるジジェクの真似だけはするなって言いたいのですが、そういうものが増えてきましたね。

――映画を見ているからこそ書ける当事者感みたいなものは、表出されるべきなのですね。『現代思想』はもともとイデオロギーを売る雑誌だからいいとして、「詩と批評」の雑誌のはずの『ユリイカ』にしても、自分は正しいことを言ってるんだ、内容の正しさにおいて勝ってるから文章の芸なんてどうでもいいじゃないかという、ポスコロ、カルスタ、フェミ、要するに「PC」と総称される言説に制圧されてしまった。多分、「帝国」とか「アウシュヴィッツ」と言っている本人も全然実感がないと思うんです。当事者性がないというか、言辞を支える梁がないというか、張力も応力もなくなってしまった気がします。

蓮實　ひとつには、国際性が驚くほど欠落していて、こんなものあんた、英語やフランス語で書いてまともな文章になる?というのがまずある。自分の文章を外国人が読むなんてことは考えないで書いているわけです。また、この程度の外国語論文をあえて訳すことはないだろうにと思うものに、詳細な訳注までつけて真面目につきあっている国民性は何なのですかね。しかし、『ユリイカ』にしたって、韓国や香港では読まれていますし、外国の大学でも読まれているところがあります。にもかかわらず、現代思想空間とでも言うべきところだけで成立するようなものになってしまっている。もうひとつは、やはり「批評精神」の欠如ということなんですけれども、ある文脈が提示されたら、それを否定する文脈が少なくとも十はあるということを、最低限の知識として持っていなければ論文なんか書くべきでない。ところが「PC」の人たちは一つの文脈を選択するとその文脈に自足すればいい、それが書くことだと思ってしまっているので、まず書いている人自身に揺れがない、書かれている対象が自分からすり抜けていくという実感もない、すり抜けた対象を改めてどのように取り戻そうとするかという戦略もない。あるものはただ一つ、「自分がこれを取り上げる」ということだけなんです。困ったものだと思う。ただし、これは世界的な現象だと思います。アメリカが特にそうなんですが、ではフランスにそれを否定するような優れた論文があるかというと、ない。狭い専攻領域での重要な論文はありますが、奇妙に普遍性を失いつつある。

——蓮實さんのところに、毎月いろんな文芸誌やら論壇誌が送られてくると思うんですけれども、そういうものを読んでどういうふうに感じるか、改めてお聞きします。

蓮實　やはり依拠すべきコンテクストの貧しさが決定的だと思う。そんなはずねぇだろうっていう唯一のコンテクストに多くの人が涼しい顔で依存している。それは思考と視線を殺すことですよね。思考せずに書いている、視線を対象に向けずに書いている。それは何かというと、結局テレビ的な言説なんです。テレビ言説というのは、ほどよく人びとを納得させるために、他の人に成り代わってあるものを見せ、それを「社会問題」として説明しますということですね。その際、依拠すべき文脈は一つだから、複雑なものまですべて単純化されてしまう。すべてが「社会問題」であるはずがないのに、識者のコメントによって唯一無二の「出来事」が消えてしまうわけです。ですから一四歳の少年が何か事件を起こすと「一四歳問題」にすり替えられてしまう。その人は消えてしまうし、親をはじめその人の家族が社会から呪われるという状態で終わってしまうことになっている。私もいまさら呪われたくないから、そうではないとは言わぬことにしていますが、この「文脈」の貧困化は驚くべきものです。しかし、大学教師までが、それを真似する理由はない（笑）。

――テーマの選び方は？というところへまた戻りました。

蓮實　いま、コンテクストの貧困化によって、テーマをどうするかということに関して、人びとがほとんど自己放棄に近いかたちで予め自己規制している。唯一、あれはどうですか、

『無痛文明論』、森岡正博さんの。一応、言葉として流通させることができる題名は、最近ごく稀ですよ。『無痛文明論』って読んだ?って言うとすぐ分かるでしょう。内容的には僕は必ずしも同調しないし、現代文明論なのか日本文明論なのかもはっきりしていない。それから実際にそれを分析するにあたって挙げている分析対象がやや弱いと思うんですけれども、Painlessと言い出しただけでも価値がある。でも、読んでみると「何となく分かる」テレビ言説に近いというのが実感なんですけどね。「朝まで生テレビ」に出てもおかしくなさそうな感じに見えてしまうのが彼の弱さだと思う。

だから、テレビ的な言説に対抗すべき他の言説があまりにも貧しすぎる。それを豊かにするにはごく単純にいまこれが真の現実だと思っているものは絶対に真の現実ではないぞということを、みんなが自覚することだと思う。これについて語るべき他の文脈は必ずあるし、その文脈を知らない自分は何かを見失ってるんだということを。いま「現実的」だと言われていることの大半は、例えば日本の国際貢献とか国益とかですが、一番現実的なのはアメリカと一緒に行動することだって某首相は言うけど、そんなこと現実的であるはずがない。アメリカと一緒に軍事行動したって、アメリカと日本との間にある摩擦は今後ますます助長しますよ、アメリカ政府があれだけ赤字をかかえていれば。そんなこと誰にだって分かる。そしたら日本に意地悪するにきまっている。市場の流れだと言われているいまの円高だってそうでしょう。そんな当たり前な現実を、なぜ誰も「現実的」だと思わないのかということが不思議です。自衛隊のイラク派遣が国益にかなったやり方だという人がいますが、人口論＝デモグラフィックな視点に立てば、日本の国力などあと二十年もすればすり切れてしまいます。人口構成からして、生産性は落ちるに決まっているし、中国にかなうはずもない。それも明らかな現実なのですが、誰もその現実に目を向けようとしない。私自身にとってはどうでもよいことですが、日本がいま直面している最大の問題は、人口構成でしょう。現在の出生率のままで日本の国力が伸びるはずがない。じつは大学問題の大半はそれだと言ったんですが、当時の文部省は、それは厚生省の問題だというだけでした。

――「一般性の秩序とは異なるところに、新しい好奇心というものを作らないといけない」（「I 大学をめぐって」）とおっしゃっていて、新しい好奇心＝動機って言ってしまいたいんですけれども、その具体的な展望というのはどうですか。

蓮實　「新しい好奇心」というのは、問題とは思われないところに問題を見いだす能力です。

自分がそれに加担することで世界はさらに活気をおびるはずだという確信と言ってもよい。いま実際に多くの人を惹きつけているものに遅れて参加するのではなく、自分が触れることで、世界の多様な面白さの潜在性を顕在化させてやるぞという機運と言ってもいい。そして、そうすることで、みずから嫉妬の対象となるような立場に立たねばならない。いま「理科離れ」って盛んに言ってるでしょう。しかし、あれは、単純に理系の学生ではお金が儲からないと社会が思っているんですよ、医者になる以外はね。産業界に入っても、理系の社長はほとんどいない。だから、科学は面白いなどと言っているだけでは駄目なんです。理系の人たちも、じつはこれほど豊かになれるということをみずから嫉妬の対象になって示す必要がある。それと同じようなことを人文科学、社会科学でもやらなければならない。ある時期、漫画家になりたいというのは、絶対お金持ちになれるという希望があったわけでしょう。みんながみんな、なれるはずはないのに。つまり金銭的な豊かさを自分の仕事によって奪い取ることができる、と。これは他のところでも書いたんですけれども、利根川進さんが東大で講演した時に、「先生、どうして貧乏になると分かってて学者になったんですか」って学生が聞いたんです。お前、なんてこと聞いてるんだ、あの人はボストン郊外に何千ヘクタールの家を持ってるんだぞと言いたいところですが、彼らはそれを「お金持ち」だと思わない。何故かというと、絶えずテレビに出てない人が金持ちだというのが信じられないんです。しかし、この思考の貧しさを現実として受けとめねばなりません。私が総長に選出され、批評家廃業を宣言したとき、総長と批評家とどちらが儲かるかという下品な比較をしてくれた週刊誌があったのですが、それは、批評家廃業宣言によって、金銭的な豊かさを自粛したと誤解されていたらしいということに改めて気付きました。私としては、大学行政と映画館通いは両立しないというごく当然のことを言っただけだったのですが、私程度の批評家でも、多くの媒体に書くことで、多少は豊かな生活をしていると週刊誌記者ですら思っているのです。こうした社会的な誤解は怖ろしいことですが、それを現実と受けとめないと、社会生活は営めないものなのでしょうかね。そうだとすれば、理系の人たちも、そうした誤解をあえて引き出すような生活をすべきなのかなあと思いました。

——では、人文科学系の「論文」において「お金持ちになる」とはどういうことなんでしょうか。いま、八〇年代の『ユリイカ』などを見ると、この熱気は何なんだ、なんでこんなに一生懸命つっぱって書いてるんだ、と思ってしまいます。現在の『ユリイカ』の紙面はずいぶん温度が低くて、よく言えば真面目で堅実な、悪く言えば一行目から「結論」が予想できてしまうような、引用される文献にも論理展開にも驚きのない論文が主流だと思います。なんでもいくつかの大学では、『現代思想』や

『ユリイカ』に書くと、それが紀要や学会誌に論文を発表するのと同じように、「業績」として認められるんだそうですね。書き手にとっては、顔の見えない、いるかいないかも分からない読者に向けて文章で精一杯演技することよりも、むしろ学会内で着実に業績を積み重ねることのほうが、「お金持ちになる」ことなのではありませんか。

蓮實　理科系の国際誌に論文を発表する時には、お金を払わなきゃいけない。いまは国家が援助できることになってるんですけど。それに比べれば、『ユリイカ』ですら、多少のお金にはなるわけでしょう。だから『ユリイカ』に書いているということが、なにがしか裕福さにつながるというイメージは若者にはあると思いますよ。途方もない勘違いですがね。

——いい話ですね（笑）。

蓮實　文系の学生たちは、漠然とそう思っているんじゃないかと思う。媒体に登場しないということは駄目なんですね。そうしないと、書き手が嫉妬の対象にならない。また、みずからが嫉妬の対象になりうる存在だという意識が書き手にないことが問題なんです。いまでは、スポーツライターというのも花形なんですってね、『Number』とかああいうスポーツ雑誌があるから。一九六〇年代まで、優秀な人材は明らかに映画を目指しました。その当時、批評を目指すのが優秀な人材であるかどうかは分かりません。

いま、日本で優秀な若者がどんな方向に進もうとしているかという正確な市場調査は存在していません。職業選択のためのいわゆる全国規模の世論調査などには何の意味もなく、問題は、一部の優れた人材が何をめざしているかということをかぎ分けるメカニズムが必要なのです。『ユリイカ』のような雑誌の売れ行きや大学の新入生の聴講の傾向などは、かつてはそうしたメカニズムとして機能していたはずですが、いまでもはたして有効に機能しているかどうか。例えば、いま『ユリイカ』が名高い漫画家の特集をしたり『現代思想』が『マトリックス』の特集を組むことは、将来の優れた人材を組織するというより、安定期に入った文化を追認しているように思われます。それでは、優れた人材が集まってこない。だから、雑誌としてのセンサーも鈍化します。いま、大学に映画学科や漫画学科、アニメ学科を作ることも同様で、どう見てもこれは後追いなのです。当然、大学のセンサーも鈍化してしまいます。アメリカのFilm Studiesなどを見ても分かりますが、優れた研究者の多くは、いずれも大学に映画学科など完全なかたちで存在していなかった時代に先駆的にその学問をした人たちですが、皮肉なことに、彼らは安定期に入った学問領域で、安定を指向する学生たちを指導することになってしまいます。その時批評が死ぬ。まだ学問として成立するかどうか分からなかった時代の研究者にあった批評性が一挙に低下してしまうのです。

文化の安定期とは思考の文脈がすでに成立しており、それに従って思考していれば間違いはないという安定志向を再生産する時代を言います。それは、文化の大量消費時代に不可避的な限界であり、どうしようもないことかもしれません。にもかかわらず、そうした時代であればこそ、かつてなく批評が要請されます。その場合、批評とは、思考の文脈の貧困化にほかならぬ安定性を揺るがすことにあります。あらゆる事件にも、どんな作品にも、それを揺るがす力がそなわっている。それに向かい合う時の主体の崩壊や疲労感を怖れず、時間をかけること。批評とは、その時間かもしれません。一九歳が芥川賞をとったというだけで、いきなり優れた人材が小説に集まるはずもありません。

——いま、小説家になりたい、エッセイストになりたい、何が何でも自己表現して自己実現したいって人はいっぱいいますよね。ただ他人が生産したテクストを相手に、「向こうから来てしまう」ものを受け止めて、七転八倒したい人って、やっぱりいなくなるんですかね。

蓮實　ロラン・バルトがあれほど疲労や倦怠に言及したように、批評は存在を消耗させる作業です。その消耗に親しく同調することで、甘美な「仮死の祭典」として思考の文脈の単調化に逆らうことができる。しかし、研究者ばかりが増えても、世界的に批評の衰退は、否定しようもない現実です。ロラン・バルトが最後の批評家だったのかな、と言う他はないような状況がありますね。しかし、今後、批評を書く場合、そうではないってことを示したいというわずかな自負心ぐらいは私にもあります。批評はバルトで終わっていない、と。

聞き手：鈴木一誌

5

署名と空間

1

これからの限られた時間で、署名と空間という主題をめぐって短い考察を行なってみたいと思う。その考察には、とりあえず「署名と空間」という題を与えることもできるだろう。そうした題名のもとに、署名と呼ばれている固有名詞の書き込みが、いかなる空間において可能で、いかなる空間において不可能であるか、また、可能性（もしくは不可能性）は、どのような効果を及ぼしうるかを考えてみたい。

もちろんここに始まる考察は、署名と空間との普遍的な関係を対象とするものではない。従って、署名とはいかなるものであるか、空間とはいかなるものであるかという本質についての議論を行なうつもりはない。私の関心は、「近代 Modern」と呼ばれる歴史的な一時期に、一人の歴史的な人物によって行なわれた具体的な署名が、どんな空間に位置づけられているかを評定することに限定されている。その際、そうした考察を加えようとしている私自身が生きつつある時代が、もはや「近代」と呼ばれるにはふさわしくなく、すでに「ポストモダンPostmodern」と呼ばれるべき一時期にさしかかっていはしまいかという問題は、さしあたり宙吊りにしたまま話を進めることにする。

そこで、すぐさま告白しなければならないが、これから考察の対象となろうとしている署名と空間という主題は、私自身がごく最近日本語で発表した書物の中で部分的に分析されたものである。その書物は、ある国の歴史的な一時的に権力の中枢に近いところでしかるべき政治的＝文化的な役割を演じながら、今日ではほとんど忘れられた人物の伝記という形態をとっている。もちろん、その生涯を改めて要約しながら、マイナーな存在とみなされているその人物を再評価し、メジャーな人物がおさまるべき鮮明な輪郭を回復してやることがここでの目的ではない。また、その書物の一部を翻訳し、この手の集会にふさわしく英語ヴァージョンとして提示することも私の意図ではない。政治家として、彼が数限りなく書き記しただろう署名の中から、この会議のテーマとしての〈Anywhere〉にふさわしいと思われる一つの署名を取り上げ、それがおさまるべき空間を分析しようというのが、私の考察の主題である。

私にとっては外国語である言語を介しての発表であるが故に、いくぶんか図式的になりはしまいかと恐れるが、それが日本語で書かれた書物の文章の正確な反復であることを私は初めから望んでいない。できれば、これから私が行なおうとしている考察がそれ本来の文脈を離れ、むしろ危うげな漂流状態に陥り、私自身を、かつて私が署名した書物からは遠く離れた地点まで導いて行ってくれればとさえ願っている。ここで問題となろうとしている署名は、のちに詳しく述べるように、その人物の両親とみなされうる男女とは、とりわけその「父親の名前」とはいっさい無縁の「私生児」によるものだからである。

2

そこで、署名と空間をめぐるこの考察を、一つのフランス的な響きを持った固有名詞を発音することから始めたい。それはド・モルニー de Morny というごく簡単な家族の名前である。近代のフランスの歴史に特に詳しくない人でも、それが皇帝ナポレオンⅢ世の異父兄だという事実は知っているだろう。後に詳しく触れるように、ド・モルニーは、オランダ王妃オルタンス Hortense が、夫である国王とは別の人物との間に設けた「私生児」なのだが、亡命先のスイスやドイツで青年時代を過ごしたほとんど外国人といってよい異父兄のルイ・ナポレオンに比べて、政界にも社交界にも多くの知己を持つド・モルニーは、生粋のパリジアンとして優雅に成長したのである。

『ルイ・ボナパルトのブリュメール一八日』を書いたとき、マルクスはそれに充分気づいてはいなかったようだが、ド・モルニーが、一八五一年一二月二日のクー・デタの中心人物として大統領ルイ・ナポレオンを支え、「第二帝政」の確立に大きく貢献した人物であることは、今日では周知の事実となっている。私は、「第二帝政」と呼ばれる政治的＝文化的空間の設計図ともいうべきものに刻みつけられたド・モルニーという固有名詞に注目することから始めたい。

もちろん、この人物には、シャルル＝オーギュスト＝ルイ＝ジョセフ Charles-Auguste-Louis-Joseph という洗礼名がそなわっている。だが、その事実は、彼が晩年に公爵に列せられた事実と同様、ここではあまり重要な意味は持っていない。私にとっての主要な関心は、ド・モルニー個人の自己同一性の確認ではなく、あくまで彼自身が書き記した署名なのである。それも、彼が公的私的に数多く書き残しただろう文書への署名ではなく、クー・デタ当日の一八五一年一二月二日の日付を持つ大統領布告に、異父兄ルイ・ナポレオンとともに書き記した「内務大臣ド・モルニー」という署名だけがここでの問題となるだろう。

その政治的な文書には、「共和制」の廃止も「帝政」への移行も触れてはおらず、一時的に立法府の機能を停止し、大統領一人に全権力を集中することの是非を問う国民投票だけが提案されている。だが、クー・デタの首謀者たちは、その国民投票が彼等の意図通りの結果をもたらし、「帝政」への移行を国民が最終的には支持するはずだと期待している。そして、事態はその期待通りに推移したのだから、ド・モルニーの署名が書き記された書類は、来るべき「帝国」の周到な設計図だといえる。「フランス国民の名において、共和国大統領は次の条項を布告する」で始まる布告には、国民議会の解散、普通選挙の再実施、戒厳令の発布といった項目とともに、この布告の内容にたいする国民の意志を問う国民投票の方法と日取りが示されている。そして最後に「内務大臣はこの布告の実施にあたっての責任を負う」の一項が添えられている。さらに、全文をしめくくるかたちで、この文書が執筆された日付と場所（すなわち大統領府エリゼ宮）、そしてルイ・ナポレオン・ボナパルトと「内務大臣ド・モルニー」の署名が読み取れるのである。この布告の内容に忠実に、ド・モルニーは国民投票の段取りを詳細に記した書類に署名し、フランスの全市長あてに発送するだろう。いささかの混乱があったとはいえ、大統領は七〇〇万を超える有権者の支持を獲得し、反対と棄権をあわせても僅か一六〇万というのだから、あらゆる数字がクー・デタの戦略的な成功を物語っている。

だが、私の関心は、その後の多くの独裁者によって模倣されることになるルイ・ナポレオンの、巧みな権力奪取のメカニズムの分析にあるのではない。ここで想起しておくべき点は、「第二共和制」の憲法によって再選を妨げられていた大統領ルイ・ナポレオンが、その任期切れを前にして、さらに国家元首の地位にとどまるための方策として、クー・デタが試みられたという経緯につきている。その際、「帝国」という独裁的な政治的空間を構築するにあたって、その設計図ともいうべき書類に署名したド・モルニーが、内務大臣として国民投票実施の責任を負い、これを巧みに操作することによって、その「帝国」構築にあたっての最初の礎石を打ち込むことに成功しているという事実に注目したい。

憲法を改正して大統領の地位にとどまりさえすれば、国民議会との多少の妥協は受け入れる覚悟でいたルイ・ナポレオンに対して、その異父弟ド・モルニーの態度は徹底している。彼が「帝国だけがフランスを救う唯一の道だ」と早い時期から公言していたことは、多くの資料が証言するところだからである。「私がいなければクー・デタは成功しなかったろう」という後の誇らしげな自慢話を全面的に信頼するつもりはないが、ボナパルト派というよりはオルレアン派に近いド・モルニーにとって、ナポレオンの家系の再興より、フランス社会の政治的＝経済的な安定のほうが遥かに重要な課題だったことは間違いない。それが、自分の属する階級の繁栄につながるからである。

皇位継承権を持つルイ・ナポレオンには、何よりもまず、ボナパルト主義の継承という理想がある。また、異父弟からは「センチメンタル」と嘲笑されようと、共和制に対する原理的な執着も隠せない。だが、「私生児」ド・モルニーはといえば、信じるにいたるほどの政治的な理想も持たず、シニカルな日和見主義者として権力の中枢に自分を位置づけようとしているだけである。彼は、国民議会の反対で停滞しがちな政治権力がより円滑に機能すべき空間として「帝政」を構想し、それが実現されるに必要な条件を列挙し、それに従って設計図を素描する。そして、政治家というよりはある種の賭博師的な資質を発揮して、それを現実のものにするにあたっての最大の困難である国民の支持を「民主的」に取り付ける作戦の陣頭指揮にあたったのである。その意味で、ド・モルニーは、「皇帝」を住まわせるにたる政治的＝文化的な空間を設計し、その基礎固めの作業にも監視の目を注ぎきわめてプラグマティックな建築技師であったといえるだろう。その空間が、彼自身にとっても住み心地のよい快適なものとなろうことはいうまでもない。

3

いまや、クー・デタと署名との関係を、より詳しく観察すべきときが到来している。

陸軍大臣サン＝タルノ Saint-Arnaud と警視総監モーパ Maupas が早い時期から陰謀に加担していたので、首都の制圧に武力と警察力とが効果的に行使されたことはいうまでもない。事実、早期から軍隊が議会の建物を厳重に包囲し、反対勢力の指導者たちの身柄の拘束もきわめて迅速に行なわれた。また、戒厳令によって政治的な集会も禁じられていたので組織的な抵抗もみられず、「第二共和制」発足時の六月事件でのような血生臭い戦闘は行なわれぬまま、クー・デタの首謀者たちの計画はさしたる困難もなく成功したといってよい。

だが、このクー・デタには、武力や警察力とは異なる「近代的」な技術が動員されたことを見落としてはなるまい。それは、大統領布告を大量に流布させるための印刷機という複製技術である。最近の技術的な改良によって、ごく短時間に大量の印刷物の複製を可能にする輪転機が完成しており、それが「第二帝政期」に活字ジャーナリズムの大衆化を可能にしたことは周知の事実である。クー・デタの首謀者たちは、そうしたテクノロジーの進歩と社会の初期的な大衆化とを最大限に活用することになるだろう。事実、布告の印刷に関するあらゆる準備は一二月一日の深夜から二日の早朝にかけての短時間に実行に移された。パリの住民が自覚めたときには、国民議会の解散を告げる大統領の布告が、町中に貼り出されていたのである。クー・デタの勝利の第一歩は、おびただしい数の活字印刷物の配布と公表によって決定づけられたのだといってよい。

一二月二日の午前零時を期して、警視庁の支配下に置かれた国立印刷所に、一人の印刷工が絶対に全文に目を通しえないように複雑なかたちで断片化された布告の原稿が送られた。そのとき、単に文章のオリジナルが活字で再現されるというにとどまらず、印刷された紙片が輪転機から取り出された瞬間に、初めて布告が完全な文章として成立するという慎重な配慮が施されていたことは注目に値する。また、パリのあらゆる印刷所は閉鎖され、厳重に監視下に置かれていたので、「ルイ・ナポレオンは裏切り者だ」で始まるヴィクトル・ユゴーの人民蜂起の呼び掛けの文章が、活字になる契機を奪われていたという点も見落としてはなるまい。その文章は、肉筆でほんの数枚複写されただけで多くの人目に触れることはなく、つまりは存在しないに等しかったのである。

そこには、一八五一年という歴史的な一時期における肉筆の文字と印刷された活字との威力の差が、明瞭に浮かび上がってくる。こうした政変の折りに重要なのは、いうまでもなく、同じメッセージの大量な複写を短時間に作製し、それを広い範囲に流通させる手段を独占することに尽きている。その意味で、ルイ・ナポレオンのクー・デタは、最も早い時期に実践されたメディア戦争だったといえるだろう。当時としては最大のメディアである活字印刷の装置の簒奪に成功の一因があったことは、いうまでもない。ヴァルター・ベンヤミンのいう複製技術時代とは、まさに、ルイ・ナポレオンとド・モルニーの合作であるクー・デタによって素描された政治的＝文化的な空間にほかならない。

もちろん、クー・デタ成功のためのメディアの活用という、いまでは古典的なものとなった権力奪取の技術の問題だけが私の興味を惹くのではない。ここで注目すべきは、国民議会の解散を告げる大統領の布告と、その正統性を保証すべく添えられたルイ・ナポレオンとド・モルニーの署名が、活字によって大量に再現され、流布されているという事実である。そのとき、布告に盛り込まれた内容を大統領が口頭で述べる瞬間に立ち会ったものは誰もいない。また、活字で再現された二つの署名を、大統領と内務大臣とが肉筆で書面に書き記している光景を目にした者も一人としていない。つまり、この日の朝、パリ中の壁という壁に大量に貼り出された紙面をうめつくす活字を前にして、パリ市民は、その文書の正統性を確かめる契機を徹底して奪われているのである。

にもかかわらず、ほとんどの国民がクー・デタという事態の到来を確信しえたのは、同じ文面がいたるところに貼り出されており、あらゆる人が同じ資格でその文書を読むことができるという、その量的な反復性によってである。言い換えれば、輪転機と活字印刷という複製技術の威力そのものが、文書の正統性の保証に必要なはずの手続きをあっさり凌駕してしまったのである。そのとき、文書の内容を発言者のオリジナルな声に、署名をその名前の持ち主のオリジナルな書き込みの身振りにまでさかのぼってその正統性を確かめようとする意志は、徹底して無視される。活字による大量の複製とその広範な流通が、その文章のオリジナルの存在をほとんど虚構化しているからだ。その意味で、クー・デタの首謀者たちは、オリジナルな根拠の虚構化と、それにともなうシミュラークルの権威化という現象に、きわめて意識的だったといえる。ド・モルニーが「第二帝政」という政治的＝文化的な空間の建築設計技師たる資格を主張しうるのも、その意識においてである。

こうした事態の推移は、たとえばその数年前の「共和制」の成立と比較した場合、ごく新しい経験を人類にもたらしたというべきだろう。国民議会での多くの証人を前にして口頭で宣言されたものが、その後、活字媒体を介してフランス全土に伝えられることで「第二共和制」が権威づけられたのに反して、一二月二日の非合法的な政権の奪取は、正統性の起源としての声を徹底して欠いたまま、もっぱら反復される活字によって可能となったものだからである。「第二帝政」と呼ばれる政治的＝文化的な空間の設計者であるド・モルニーの署名が刻みつけられているのは、まさに、オリジナルを欠いた無限反復という複製技術的な空間の内部においてなのだ。オリジナルな声や身振りへの参照があらかじめ断たれているという意味で、その空間は本質的に無責任である。ド・モルニーという署名の活字による複製は、ド・モルニー自身を置き去りにしたまま漂流し、ひたすら反復されることで非合法的な権威を帯びてゆくのである。

4

ド・モルニーの署名をめぐる私の考察が、ジャック・デリダ Jacques Derrida によるエクリチュール écriture をめぐる幾多の考察に多くを負っていることは、誰の目にも明らかである。オースチン J.L.Austin の「スピーチ・アクト」Speach-Act 理論の周到な脱＝構築 Deconstruction をめざした彼の啓発的な「署名　出来事　コンテクスト」Signature événement contexte から深刻な刺激をうけた事実を隠すつもりもない。だが、私がド・モルニーの署名にめぐりあったのが、デリダ的な経路とは異なるコンテクストであったことは、ここに明言しておきたいと思う。『凡庸さの発明』L'invention de la médiocirité という題名のマクシム・デュ・カン Maxime Du Camp 研究の執筆の過程で、あらゆる意味で凡庸な空間と呼ばれるべき「第二帝政」を設計したド・モルニーの署名に出会ったのである。

私の企ては、それ故、デリダのそれに比べれば遥かに慎ましいものである。私は、はたしてド・モルニーは一二月二日の大統領の布告に署名しただろうかという素朴な疑問から出発した。そして、私の下した結論は、その名前が活字として印刷される以前に、彼は署名という行為を演じていないというものだったのである。その点を少し詳しく見てみよう。

クー・デタが勃発した日の朝、パリの街頭に活字で印刷されて貼り出された総ての文書の原稿は、大統領府のエリゼ宮で「ルビコン」Rubicon と書かれた書類挟みの中にひそかに保管されていたものである。一二月二日の午前零時を期して国立印刷所に送られたのがその原稿であるということは、いうまでもない。この原稿を、印刷された文書のオリジナルと考えることは可能である。

だが、ここで二つの事実に注目したい。一つは、すでに述べたように、オリジナルとみなされるべきこの原稿は、印刷段階での秘密の漏洩を避けようとする配慮から、印刷所では誰もその全文を読めないように、あらかじめ断片化されていたという事実である。だから、それが一貫した文章として完成されるのは、輪転機が回転して活字による印刷物が出来上がった瞬間だということは、すでに指摘した通りである。その事実から、オリジナルの原稿よりも、活字によって複製された文章のほうが、より完璧なものだという転倒した事態が導きだされる。もちろん、原稿の完成後に、その文書をあえて複雑に切りきざんで印刷所に送ったと考えるなら、ド・モルニーによる署名は、オリジナルな文章の末尾に一応は書き記されていたと判断することもできる。しかし、その場合でも、文章の正統性の起源としての署名の価値下落が起こっていることは否定しがたい。現実にド・モルニーによって演じられたかもしれない署名の身振りは、布告の印刷が出来上がるまでのあくまで暫定的なものでしかないからである。クー・デタの首謀者たちが重視していたのは、署名そのものではなく、活字によるその複製の大量生産と大がかりな流通だったからである。

いま指摘した署名の価値下落は、当然、大統領の署名とド・モルニーの署名との両方にあてはまる事実である。だが、ド・モルニーの署名のみに関わる微妙な問題が存在する。すでに見たように、彼は、大統領布告によって告示された新たな事態を現実化すべき責任を負う内務大臣として、当の布告に署名している。では、彼はいつ内務大臣に任命されたのか。この疑問は、原因と結果との奇妙な相互依存の循環運動に巻き込まれ、そこから抜け出せなくなってしまう。注目すべき第二の事実とは、そのことにほかならない。それを詳しく見てみよう。

大統領の異父弟だとはいえ、一二月一日までは単なる国民議会議員にすぎなかったド・モルニーは、いつ内務大臣に任命されたのか。その任命は、論理的にいってクー・デタの勃発以前ではありえない。また、署名は勃発以後でもなく、あくまで勃発と同時的でなければならない。そうでない限り、彼は自分が内務大臣として署名している布告によって課された任務を遂行できないだろうし、彼が任務を遂行しなければ、クー・デタは現実のものとはなりえないからである。内務大臣としての彼の最初の任務が、大統領布告そのものの印刷の安全を保証することであったことはいうまでもない。

では、ド・モルニーの内務大臣への任命が、クー・デタの勃発以前でも以後でもなく、それと同時的だとするなら、クー・デタは、正確にはいつ勃発したのか。それは、ド・モルニーが内務大臣に任命された瞬間でなければならない。なぜなら、彼が内務大臣として署名していない限り、クー・デタ勃発の契機となる大統領布告は不完全なものにとどまらざるをえないからである。また、「内務大臣ド・モルニー」という署名を持った大統領布告の印刷そのものが、クー・デタを現実化する内務大臣の主要な任務の一つである以上、その署名もまた、クー・デタの勃発と同時的でなければならない。つまり、論理的にいうなら、クー・デタの勃発とド・モルニーの内務大臣への任命と「内務大臣ド・モルニー」の署名とは、すべて同時に起こっているのだ。そうした三重の同時性が、現実には起こりえないことはいうまでもない。ド・モルニーは署名という行為を演じなかったという私の結論は、その点から導きだされるものである。だが、印刷された大統領布告は、それが可能であることを告げている。つまり、布告が印刷され、署名をも含めたその文書の全文が活字によって大量に複製され、それがあたりに貼り出され、同時に複数の視線にさらされる状況が成立した瞬間、クー・デタと内務大臣への任命と内務大臣の署名とが同時に起こっているのだ。それが、一二月二日の午前何時何分の出来事であるかを問うことは無意味である。すべては、複製が生成される過程で起こったのであり、それを可能にするものこそ、複製技術的な空間にふさわしい無責任性にほかならない。

ここでも署名の価値下落が起こっていることは明らかである。かりに、一二月二日の午前零時に国立印刷所に送られた書類の中に、それ以前にしたためられた大統領布告の原稿が存在し、その紙面に「内務大臣ド・モルニー」の署名が認められたとしても、それを署名した瞬間の彼はまだ内務大臣ではないのだから、その原稿の署名は正統性を欠いている。だが、活字によるその複製は、少なくとも、非＝正統的なものだという外見を備えてはいない。パリ市民が布告の活字を目にするとき、ド・モルニーはすでに内務大臣に任命されており、従って、「内務大臣ド・モルニー」と署名することにはいかなる不自然さもまぎれこんでいないからである。

オリジナルよりも複製のほうが遥かに正統的なものに見えるという点に、一二月二日の大統領布告のド・モルニーの署名の特質があることは明らかだろう。彼は、ことによったら署名という行為を演じなかったかもしれないが、署名の複製が無限に生産され反復されている空間においては、起源を欠いたいかがわしいイメージにすぎないシミュラークルのほうが、遥かに現実的な効果を及ぼしうるものなのである。そのような空間とその内部で生起する事態に、二〇世紀後半に生きる一部の人びとは「ポストモダン」という呼び名を与えている。だが、かりにそうしたものが「ポストモダン」の名にふさわしいとするなら、「ポストモダン」は、「近代」の最も早い時期から、「近代」を定義する最良の語彙として存在していたというべきだろう。私がド・モルニーの署名に注目するのは、そうした文脈においてなのである。

5

マルクスは、ルイ・ナポレオンによる非合法的な政権奪取を、繰り返された笑劇 farce だと断定している。だが、その断定は、この政変によって開示された政治的=文化的な空間を支える複製技術時代の無責任性をいささか侮りすぎているように思う。なるほど、ここでは、いささか滑稽な甥によって、偉大なナポレオン・ボナパルトの振舞いの矮小化された模倣が演じられているかに見える。だが、そのとき、オリジナルよりもその複製のほうが遥かに現実感を帯びるという時代がすでに到来していることに、マルクスはあまり意識的でないかに見える。ド・モルニーがその設計図を素描した「第二帝政」とは、まさしくオリジナルなものが正統性を主張しえず、起源を欠いたイメージばかりが華麗な祝祭を演じる空間にほかならない。そして、ド・モルニーの署名の活字による再現がそうであったように、いまや権力は、正統的な起源から、いかがわしい反復、頼りなさげな模倣、信をおきがたい類似の側に移行している。そうした権力空間にあっては、オリジナルはたちどころに虚構化され、その複製だけが現実をかたちづくることになるだろう。事実、ルイ・ナポレオンが皇帝ナポレオンⅢ世として住まうことになる空間では、本人よりその肖像写真が、情報よりゴシップ記事が、書物よりその紹介記事が、恋愛より姦通コメディが、オペラよりオペレッタ・ブッファが、文学より新聞小説が、印象派の展覧会より万国博覧会がことのほか珍重されるのである。

ところで私は、これまで「第二帝政」という政治的＝文化的な空間の設計者として、もっぱらド・モルニーの名を挙げ、普通はその主役とみなされているルイ・ナポレオンの名を挙げることを控えてきた。それには、三つの理由が存在する。

まず、ルイ・ナポレオンの政権維持の方法として、初めから「帝政」への移行を頑強に主張し、クー・デタにあたって、内務大臣として絶えず事態を掌握していたのがド・モルニーだという実践的な理由がある。次に、ルイ・ナポレオンはクー・デタの前も後も同じ大統領という地位にとどまっていたのに対して、ド・モルニーの身には重大な変化が起こっており、そのために、彼の署名に微妙な問題が生じているという理由がある。だが、より重要なのは第三の理由である。すなわち、ド・モルニーという彼の家族の名前が、「父親の名前」とはいっさい無縁のものだという事実に、ここで注目すべきなのである。すでに触れたように、彼は不義によって生まれた「私生児」であり、したがって、彼が署名するのは、正統性の保証を欠いた名前なのである。

ここで、誰もが知っているはずの伝記的な事実を簡単に思い出しておこう。大統領ルイ・ナポレオンは、ナポレオンI世の弟でオランダ国王だったルイ・ナポレオンと、その妻であるオルタンス・ド・ボーアルネ Hortense de Beauharnais とを両親として生まれた。一方、ド・モルニーは、オランダ王妃オルタンスとフランスの将軍フラオー伯爵 Conte de Flahaut との不義によって生まれた私生児である。彼は、誕生とともに両親のもとを遠ざけられてドモルニー Demorny 家に入籍し、青年時代に、その「他人の名前」を de Morny と貴族的に変更して生涯を送ることになるだろう。同じ母親から生まれながら、ボナパルト家の家系につらなる由緒ある名前を与えられることのなかったド・モルニーは、「他人の名前」であらゆる書類に署名するしかなかったのである。

私がド・モルニーの署名に着目する真の理由は、署名にあたって書き込まれる彼の名前そのものの、徹底して正統性を欠いた「私生児性」にある。もちろん、それは、彼が宿命として受け入れた私生活上の偶然にすぎない。だが、「父親の名前」からは見放されたこのド・モルニーという名前の漂流状態は、一二月二日の大統領布告に刻みつけられた内務大臣の署名の活字による再現において、偶然を超えた現実性を獲得する。それが大量に複製され、流通していくとき、その非正統的な反復は、次第に現実感を帯びた権威となるからである。ド・モルニーとは、「父親の名前」によって保証されることのないいかがわしい反復、頼りなさげな模倣、信をおきがたい類似そのものなのだ。それは、いかにも複製技術時代にふさわしい名前のありかたである。非合法的な権力奪取によって成立した「第二帝政」という政治的＝文化的空間の無責任性とは、まさにそうしたものなのだ。

こうした空間の出現は、マルクスのいう二度目に演じられた「笑劇」とは異質の、まったく新しい体験を思考にもたらしたといわねばなるまい。その新しい体験によって支えられた空間にふさわしい署名は、ド・モルニーのそれのように、「父親の名前」からは遠い「私生児性」を帯びていなければなるまい。「第二帝政」という空間の設計者としてド・モルニーの名前だけを挙げようとするのは、以上のような理由による。

ド・モルニーの内務大臣への任命と「内務大臣ド・モルニー」の署名とが同時的であったように、「第二帝政」の設計者がその署名を書き込むべき空間の成立も、その署名が書き込まれる瞬間と同時的なのである。その際、大統領ルイ・ナポレオンの皇帝ナポレオンⅢ世としての即位がクー・デタの一年後で、そのときド・モルニーがすでに内務大臣を辞職しているといった伝記的な事実のクロノロジー的な推移は、この際、ほとんど意味を持ってはいない。皇帝の住まうべき空間は、一八五一年一二月二日に、すでに完成していたとさえいえるからである。

そして、そこに書き込まれていたはずの設計者の署名は、自分が起源であることを打ち消すかのようにいたるところに頼りなさげに拡散し、完成とともにその空間とすっかり同調してしまう。だから、誰ひとりとして、彼の名前をその表面に読むことはできないのである。

署名と空間という主題をめぐる考察を終えるにあたって、すでにその題名を挙げておいたジャック・デリダの論文から、意義深い数行を引用してみたい。彼は書いている：

あらゆる絶対的な責任から、最終的審級の権威としての意識から切り離されたエクリチュール、孤児として誕生のときからすでにおのれの父親の立会いから分離されたエクリチュール、繰り返し構造としてのそのようなエクリチュールに起因するこの本質的漂流状態……

Cette dérive essentielle tenant à l'écriture comme structure itérative, coupée de toute responsabilité absolue, de la conscience comme autorité de dernière instance, orpheline et séparée dès sa naissance de l'assistance de son père, …

エクリチュールの生きる不安定な拡散状態について述べられたこのジャック・デリダの言葉は、ド・モルニーの署名をめぐる私の考察と同じことをいおうとしているのだろうか、それとも別のことをいおうとしているのだろうか。私は、ジャック・デリダに導かれて、反プラトン主義者としてのド・モルニーの伝記を書いたのだろうか。それとも、『エクリチュールと差異』L'écriture et la différence の著者は、ひそかにド・モルニーの振舞いを記述していたのだろうか。私は、その判断を宙吊りにしたまま、この考察を終えるほかはないだろう。

いま、私が残念に思う唯一のことがらは、ド・モルニーがサン＝レミ Saint-Rémy という名前で署名したオペレッタ・ブッファの『シューフルーリ氏、今夜は在宅』M. Choufleuri restera chez lui のリブレットを分析する時間的な余裕がなかったことである。オッフェンバックが曲をつけたこの一八六二年のオペレッタ・ブッファに目を通すと、そこでの登場人物と話の筋が、一八五一年一二月二日のクー・デタの登場人物と事態の推移によく似ていることに驚かされる。この類似は、しかし、どこまでもいかがわしく、頼りなさげで、信をおきがたい性質のものだ。ことによると、このリブレットは、ド・モルニーが設計者として署名した無責任な空間にあらかじめ書き込まれており、クー・デタそのものが、それをあらかじめ模倣していたのかもしれない。

6

『リュミエール』を編集する

今日は、わたくしが幾つか持っております存在様態のうちのひとつ、『リュミエール』誌の編集長として、それに関して何か話せ、ということで参りましたが、『リュミエール』という雑誌は非常に個人的な、且つ非人称的な雑誌でありますので、おそらく皆様方はあまり御存知ないのではないかと思います。二年前（一九八五年）に発刊されまして、一部の期待と大部分の無視とに耐えつつ、今日までやって参りました季刊の映画雑誌です。

今更、書物でもあるまいという時代なのに、「何故、雑誌に関わるのか?」というようなことで、しばしば、いろいろな方から、その意気込みというようなものを聞かれました。別に、意気込みがあってやった訳ではなくて、何故か、ふいにそういうことになってしまったというのが現実であるわけですけれども、そのことを、少しずつお話しして、ことによったら、「書物の現在」とも重なり合うのかもしれないし、また、重なり合わないのかもしれない、非常に反現代的な、あるいは、反時代的な試みということになるかと思います。

そこで、ここに持って参りましたのが、今まで発刊されました『リュミエール』のバック・ナンバーの全てであります。これを見ていただいたら、それで良いのではないかという気も致しますが、実は「見ること」「読むこと」そして「書くこと」というのが、一番難しいことであるし、未だに我々に、というよりわたくし自身にとっても、それはまだ、はっきりしない部分を持っているということがあります。

しかし、説明するというのは、非常に簡単なことであります。馬鹿でも説明すると、何か説明したような気になりますし、それから、馬鹿でも説明されると、判ったような気になるというのが、人類が抱え込んだ最大の矛盾でもあるわけですね。つまり、説明は簡単である。説明というのは非常に簡単ですから、説明のために人類は十九世紀以来、学校というものを創ったわけです。それ以前にも存在していましたけれども、一番簡単なものから手をつけるということで、近代化に向かっていく国家が、それぞれ大学を創り、小学校を創り、説明のための施設を創っていったわけです。

それが、例えば大学一つとっても、十九世紀以来、明らかに存在していたはずのその目的というのが、今は失われて「何のために大学が在るのか」ということを本当に判っている人は誰もいないわけです。日本では、大学がレジャー産業化されていると言われていますけれども、別に日本だけの現象ではないわけです。至る処で、何故大学が在るのかという事が判らない。その本質的な、と言いますか、本来それが持っているべき手段と目的というものが、十九世紀から二十世紀にかけて、非常に奇妙な形で行き違ってしまっているので、誰も、その責任を取って「大学とは何か」ということを言えないわけです。

あらゆる現象について、そういう事が言えると思います。それは、そのような、いわばそれ自身の正当性といったようなものを保証する何かが失われてしまった後に、例えば書物というものがどのように機能しうるのか、ということですね。

活字文化が、今、非常に退潮期にあるといったようなことが言われていますが、これは、おそらく誰かが、ためにするために流した全くのデマゴギーであるわけです。今ほど活字文化の盛んになっている時代はないわけで、それは、印刷物の量を世界的に見てみれば判るわけです。その中で書物の占める位置というのは問題であるにしても、活字文化というのは今後ますます隆盛になるだろうし、活字文化が退潮期にあるというようなことは、現実を全く無視した言い方であるわけです。これほど本屋さんが増えた時代というのもありませんし、これほどみんなが本を出したがっている時代というのもないわけです。これほど人々が本を売りたがっている時代も、かつて人類の歴史の上でないわけですね。どうして、それなのに「活字文化が退潮期にある」というようなことがでてきてしまったのか、その事も、これからお話ししてゆく中で、少しずつ触れてゆきたいと思います。というのは、『リュミエール』というのは、一応、映像文化といいますか、映画を目的とした、あるいは映画を対象とした雑誌であるからなのです。

映画というのは、もちろんその中に言葉を含んだものであるわけです。無声映画時代にすら、映画の中には既に極く日常的な、我々の喋っている言葉というものが紛れ込んでいたわけですけれども、映画が、いわゆる音を持ち始めて以後というのは、確実に言葉に寄りかかって、その示唆を豊かなものにしてきたということがあります。

ところが、いざ、話を「映画に対してどのような言葉を差し向けたらいいのか」という点に戻してみますと、「映画は映像であるからして、言葉はそれについては虚しい。言葉は無用である」といったような事が、しばしば言われ始めたわけです。事実、あらゆるものは、我々は体験の中で知っている事ですけれども、いつか、ある瞬間に、言葉を奪われるという事もあるわけですね。けっして、我々は言葉のみによって、世界を解読しているわけではないし、まさに言葉によって解読すべき世界から、ふと目を反らした時に、何か世界が判ったと思うような瞬間があったりするわけです。にもかかわらず、言葉は明らかに映像に向かっているし、映像は明らかに映像それ自身の言葉を語りかけている。それでは、我々はどんな言葉を映像に差し向けたらいいのか、そして、我々はどんな言葉を映画から受け止めたらいいのか、ということも、実はまだ、どこでも定式化されていないわけです。

それで、これまた、自分自身が所属している大学という機構の悪口を言うことになってしまいますけれども、日本では、まだそこまでいっていませんが、諸外国、特に先進諸国といわれている国々においては、それぞれの大学に「映画研究科」というのがたくさん在りまして、そこで何が行われているかというと、「映画の言葉を消してしまうこと」が行われているわけです。映画が、我々にとっては、すぐさま言葉としては響き難いある種のたえなるしらべを流している時に、その言葉を消す、あるいは抹殺する。そしてそれを、極くあたりまえな、大学的な言説の中に置き替えてゆく。その作業が、世界的に先進諸国において広がっている。アメリカにおいて然り、もちろんフランスにおいて然り、イタリアにおいて然り、ドイツは些か遅れていますけれども、日本においてもだいたいそのような傾向が出始めてきています。大学で、映画を題材にした博士論文などが、アメリカあるいはフランス、もちろんイタリアその他でも出ておりますが、読んでみますと、どうして、これ程映画から顔を背けてしまった形で物が書けるのか、といった驚きを誘発せずにはいられないようなものが、その中にはたくさんあります。

このような現状の中で、つまり、映画が何かをつぶやこうとしている、そして、我々も映画に向かって何か言葉を差し向けようとしている、その間に大きないわば断絶面のようなものを導入する幾つかの機構が存在するわけです。その機構が、例えばアカデミズムという名前の大学であり、それからまた、ことによったら、このような地方自治体の文化活動がそれに当るのかもしれません。また、書物がそれに当るかもしれないし、いずれにしても、どこかでいわばコミュニケーションを断絶させるような動きというのが、あたかも文化であるようにして、今、世界を覆っているわけです。その事を、わたくしは別に危機的とも思いません。十九世紀に成立した極く常識的な事実が、今なお、十九世紀の幾つかの残照のようなものを引きずって、人類は今まで生きてきていると思いますから、それはさして大きな障害だとは思いません。しかし、本来そこで呟かれている言葉に対して、感性を磨いていかなければいけない耳を潰している、それから、それに向けていかなければいけない目を潰している、といったようなことが、日常的に、あるいはテレビを通じて行われるのかもしれませんし、新聞を通して行われるのかもしれないし、日常会話を通して行われるのかもしれないと思います。

そこで、そのようなコミュニケーションの断絶面というものを、いわば、どこかで壊してゆきたいというのが、わたくしの一貫した仕事というふうに、自分ながら考えているわけです。

そしてこの『リュミエール』という雑誌でやりたいと思ったことも、そうした事の一つだと思って頂ければいいと思います。従って、わたくしが、この『リュミエール』の第一号「創刊の辞」で書いたことですけれども、このことは、今なお、わたくしの心の中に、それから、実際の活動の中にあることですので、簡単にその部分を読んでみたいと思います。「創刊の辞」の一部だと思ってお聞き頂きたいと思います。

「十年後に一世紀の歴史を持とうとしている映画は、われわれを、欠語と饒舌の中間に居心地悪く位置づける」というふうに書きました。映画の発明というのは一八九五年ですから、あとほんの数年で、映画は一世紀の歴史を持とうとしている。ところが、一世紀の歴史を持とうとしているその映画は、「われわれ」を、というふうに言ってしまいましたけれども、これは、当事者を、と考えて頂けたらいいと思いますが、「欠語」つまり「言葉が全く出なくなってしまう」ような状態と、それから、ひたすら言葉を連ねなければいけないような「饒舌」ですね、その「欠語」と「饒舌」との間に、居心地悪く位置付けている。

続いて読ませて頂くと、「誰もが、映画をめぐってひたすら饒舌であったときの快楽を知っている」。非常に面白い映画を見た時に、数人の人々が語り合ったり、あるいは自分自身に何かを聞かせるような「饒舌」が、我々の中に生まれるということは、皆さん御承知ですね。素晴らしい映画を見た時、仮にその時、友達がいなくても、誰かに向かって、いい映画を見たと思って、語り掛けたい気持、それがひたすら「饒舌」になってゆくという、そのような快楽を誰もが知っている。

「同時に、その果てに待ちうけている徒労の実感をも体験している」。映画に向かってそのような快感を、映画から受け止めた快感を、ひたすら語り続けることによって、ますます饒舌になってゆく自分というのが、どこかで非常に虚しいものに思われ始める。そのようなことも、我々は知っているわけです。

さらにまたこのように書きました。「映画によって言葉を根こそぎ奪われた瞬間の無上の甘美さをたぶんあなたは知っているだろう」。映画について、ひたすら語っていて、そして、その語っている事が虚しく思えた時に、明らかに、映画を前にして、我々の言葉が敗北するような気持になる瞬間があります。その瞬間というのは、映画だけとは限りません。例えば絵画を見た時、あるいは一つの音楽を耳にした時、今まで、何かそれについて語りたいと思っていた言葉が無駄に思えて、そして、その言葉を失ってしまった時に、ある種の快感が訪れる、ということも我々は知っているわけです。ですから、それが、この場合はたまたま映画だったということなのです。「映画によって言葉を根こそぎ奪われた瞬間の無上の甘美さをたぶんあなたは知っているだろう。そして、その沈黙にいつまでも耐え続けることの息苦しさをも知っているに違いない」ということです。つまり、それは、甘美な体験であるのですが、ひたすらその中に留まり続けるとすれば、それはやはり我々にとっては、非常に息苦しいことになるわけです。

そこで、このような「欠語」と「饒舌」という言葉で、先ほど言いましたけれども、言葉を奪われた状態と、そして、にもかかわらず何か言葉をひたすら紡ぎ出さなければいられないような、そんな気持ですね、そのいずれを、「欠語と饒舌のいずれを選ぼうとも、救われたためしなどかつてありはしなかったのだ」ということがあります。ひたすら情熱を込めて語っても、それから、完全にその対象から、自分は見捨て去られたという感じを持った瞬間の、いわば虚しさに陥っても、そのどちらに居座っても、我々はけっして居心地のいい想いに捕えられることはない。

さらに続けますと、「光はあんなにも輝いているというのに、あたりに落ちる影はあんなにも黒々としているのに、われわれは、いつも、曖昧な灰色の領域に閉じこめられたままでいる」。素晴らしい映像を見た時に、明らかに光は輝いている。そしてまた、その輝いている光を際立たせる影も、スクリーンの上に色濃く残っている。にもかかわらず、我々は、その光とも、そしてその光を際立たせる影とも、完全に和解することはできず、その光から曖昧に遠ざけられた場所に、そして、そこから程好く遠ざかった場所に留まり続ける他はない。

「映画をめぐって語り綴られる言葉は、ながらく、この灰色の自分を納得し、それを正当化する口実にすぎなかった」。これが、いわゆる普通の「映画批評」と言われるものです。そこまで意識的に、このような映画批評が行われてきたかどうかというのは疑問ですけれども、いずれにしても、あの輝き、あの影のようなものから取り残された自分を、何とか正当化しようとして納得することが、いわゆる「映画批評」であったわけです。「あたりに行きかう光があんなにもまばゆく輝き、あたりに落ちかかる影があんなにも黒々としているというのに、その光と影とを自分には無縁のものと断じ、それを嫉妬することさえ忘れながら灰色に馴れてゆこうという保身の歴史が、映画批評と呼ばれるものの悲しい歴史なのだ」というふうに、その先わたくしは言っております。

つまり、映画批評が何に貢献したかというと、いわば、批評家たちの「保身」に貢献したわけです。保身というのは、つまりその人が、納得づくで絶望しきったり、あるいは、快楽のあまり一種の恍惚感の中にひたすら留まり続ける、というような状況に陥ることから、どこかに均衡を見つけ出し、そしてその均衡の中で、自分が生きていこうとすること、つまりいわば、生き続けるための保身のことです。この場合、保身というのは、別に、それによって自分が何らかの地位を得て、その地位をひたすら保とうとするというような、そのような保身という意味ではありません。そのような保身の歴史が、今までの映画批評ということであったわけです。

ところで、この『リュミエール』という雑誌でわたくしが提起したいことは、次の様なことであります。「鈍い灰色に包まれて生きるしかないのであれば、せめて、光と影の戯れをきわだたせてみてはどうだろう。それが『リュミエール』創刊に踏み切った者のささやかな野心である。映画をめぐってことさら饒舌を気どってみたり、欠語に徹したりするのではなく、映画の洩らすつぶやきに瞳で聞き入り、その微妙な震えを瞳で感知することに喜びを覚えるすべての人たちにこの雑誌は開かれている」ということで、そのような意味で、映画の洩らす言葉を、目で聞き、あるいは、耳で見るというわけです。この様なことができたら、というのが、わたくしのこの雑誌を創刊した時の野心だったわけです。野心といいますか、密かな希望であったと言ったらいいかもしれません。

つまり、我々が映画に向かって、対して、何かをしなければならないとしたら、それは、自分自身の「保身」ですね——先ほど言いました意味での「保身」、つまり、何かを納得した形で、今いる自分の中に、自分をある調和のある形で閉じ込める、ということを「保身」と考えるならば、そのような「保身」に貢献するというのが、これまでの映画批評であり、映画批評を読む人々の態度でもあったわけなのです。

そこでここでは違った形で、もしそのような「保身」というもの、つまりある種の安心感というものが人々に共有されているならば、この安心感そのものを、自分の足元で、少しずつ覆してゆこうじゃないかと思ったのです。単に倫理的な問題としてではなくて、何か、映画がつぶやいているその「つぶやき」に向けて自分を組織しようとする時に、それが、自然に起こるような形でしてみたい、というのがこの雑誌の創刊の時の意図だったわけです。

実は、今言ったことは、既に非常に抽象的なことであって、その中に時々、幸いなことに、皆さん方の中に「そうだ」と思われる部分があったり、「ちがう」と思われる部分があったりするかもしれません。つまりこれは一つの方針であって、それに相応しくこの雑誌が機能していったかどうか、ということになりますと、これはまた、別な問題になってきます。そこで、この雑誌の第一号から第九号までを、少しずつ辿って、この様な時にそんな事ができたのではないか、というようなことを、皆様方に少しお話ししたいというのが、今日の目的であります。

ところで、そのような具体的な問題に入る以前に、より本質的には、本質的という言葉は、あまりわたくしは好みませんので、できれば倫理的と言ってもいいわけですけれども、「倫理」

という言葉も手垢にまみれておりますので、何的ということもできないわけですけれども、これは、批評誌である。批評のための雑誌であるわけです。

そこで、「批評とは何か」ということを、やはり考えてみなくてはいけないわけです。実は「批評とは何か」ということを考えることは、だいたい我々を、先ほど言った通俗的な説明の方に引っ張って行くことであるわけですね。つまり、「何々とは何か」ということを聞くこと、それ自体が非常に通俗的であるわけですけれども、その通俗性は、十九世紀に人類が獲得した、いわば一つの強みでもあるわけです。それがないと、我々はものを考えられない。それからまた、一歩先に進めないということであって、「とは何か」と聞くこと自体はけっして間違いではないけれども、それが間違いでないということは、そこに大きな通俗性を抱え込んでしまうんだ、ということを知っているということが前提になります。そこで、「批評とは何か」といったようなことを、ちょっと考えてみたいと思います。正確に言えば、「何か」というのではなくて、「これが批評だ」ということを考え、それをこの雑誌の方向に沿って見てゆきたいと思います。

そこで、「批評」ということですけれども、例えば文芸批評というものがあり、それから例えば芸術批評というものがあり、また、映画批評というものがあり、様々な領域に「批評」があるわけです。プロ野球批評というのもありますし、様々なものがあるわけですね。グルメ批評家、その他たくさん、あらゆる人が批評家になり始めているわけですけれども、それはそれで非常に結構なことですが、ここではそれとは違った形で、批評というものを考えてみたいと思います。これは、別に「批評」というような難しい言葉を（けっして難しくありませんけれども）、使う必要はないわけですが。

我々が、日常的な体験で、どんなことに、あるいはどんな瞬間に立ち合った時が批評なのかということ、それをわたくしなりに言葉にしてみます。これは、かなりよくできたスローガンだと思いますが、よくできているだけに嘘だとも言えますけれど、「批評とは、魂の唯物論的な擁護である」となります。しかし、これは、本当であると思うのです。本当であるというのは、つまり、ある批評、この人の批評その人の批評とか、誰かさんの批評とかということではなくて、批評を通して、我々はどこかで、やはり魂というものに出会う。

魂というのは、「魂」という言葉が、それ自体支えているところの、大きなものの考え方ですね。魂というものがない限り、その考え方が成立しないようなものとして、例えば、プラトニスム（プラトン主義と言う場合もありますけれども）というものがありますね。そのプラトン主義を基盤づけるようなものを「魂」と呼ぶのではないということです。そうではなくて、むしろ、プラトニスムというものが成立できないような、そういった状況の中で、ふいに現れるもの、それを逆に「魂」と言う、というところがあります。その点では、魂と物質というのは、全く二元論を構成しないようなものです。従って、先ほど言った「唯物論的な擁護」の「唯物論」というのは、けっして史的唯物論とか、そういうものではなくて、ことによったならば、もっともっとアニミズム的なものなのかもしれませんし、さらに、古代の唯物論みたいなところがあるのかもしれません。

文学なら文学、映画なら映画、あるいは、絵画なら絵画というものを巡って、実際に批評が書かれる。その書かれたものはともかくとして、それらが我々の心を一番打つのは、そのもの自体の、つまり絵画なら絵画の、そして映画なら映画の、文学なら文学の、魂というようなものがそこに物質的に露呈していて、それをいやおうなく受け止めてしまうような瞬間であると思います。「物質的に」ということは、先ほど言いましたプラトニスム的意味での魂というものではなくて、例えば、言葉なら言葉の、その「物質性」といったものが最も際立った時に、単なる物としてではない言葉が、いわば魂として我々の方に、我々の、いわば根拠をなくすような、根拠を壊してしまうような形で、攻めこんで来る、ということです。その攻め込み方は、あるいは、海の大きな波のうねりのようなものであるかもしれないし、あるいは、感知されないほどの風のそよぎのようなものかもしれない。とにかく、何かがこちらに来る。それは、いわゆる言語論的意味での、あるいは構造論的な意味での記号ではなく、より構造性のない、言語的な体系性を持たない記号というものの現れ、というふうに考えてもいいかもしれません。こういうことを、わたくしは、以前から「記号の露呈」というふうな言葉で言っております。

「記号」というのは、ある体系性の中に絶えず捕えられてしまっているものです。その体系にならって、初めてある物が「記号」として機能し、それが機能する限りにおいて、我々の社会生活は、絶え間なく、混乱なく、過ぎてゆくのです。そのような体系の中に捕えられていない「記号」が、我々が招いたわけでもないのに、呼び寄せたわけでもないのに、ある時、我々の方に、ふっと、暑い夏の日の陽射しが、ふいに地面から照り返ってきて、顔をふっと煽るような、そんな熱気として、あるいは、全く物の響かないしんとした不在の空間の中で、いきなり不在そのものとして、攻めて来ることがあるわけです。

そうした瞬間を肯定することを、「批評とは、魂の唯物論的な擁護である」という言葉で言ったわけです。こういう言葉を使うと、またすぐさま、言葉が一人歩きしてしまって、「記号」としての迫力というものをなくしてしまいますから、あまり、この言葉を繰り返したくないと思うわけですけれども、そのようなものを我々は、別に芸術を前にしていなくても、あるいは映画を前にしていなくても、そして文学を前にしていなくても、体験するわけですね。

その体験の中に、幾つかの障害があります。つまり、偽の感激が、世界を二つに分けて、いつでも放り投げられてくるわけです。その偽の感激にいかにして耐えるか、偽の感動、偽の魂というものが、絶えず、我々の方にやって来ます。それに対してどのように耐えるかということ。これには、いくつかの方法があると思いますが、その方法を捻出すること自体が、既に一つの批評である、とわたくしは考えます。それは、形容詞を避けるということです。形容詞を避けるとは、単なる品詞としての「形容詞」を避けるだけではなくて、形容詞として機能しうるような様々な説明を避ける、ということです。

つまり、そのものの quality といいますか、品質ですね、品質をいくつかの形で、人々が納得する形にしようとするもの、それが「形容詞」と呼ばれているものです。例えば、一番簡単に言ってしまえば、「かわいい」という言葉ですね。「かわいい」という言葉は、「かわいさ」の本質に迫るということとは関係なく、ある種の共同体の一般的な納得事項としてあり、テレビに猫が出てくると、みんな「かわいい」と言ったりするわけですが、かわいくもなんともない。但し、「かわいい」と言うことによって、そのこと自体が、共同体が意味される儀式になるわけです。なぜか、テレビのコマーシャルで、外国人の子供が出てくると「かわいい」と言う。それから、冒険番組などで、コアラが出てくると「かわいい」と言う。あれが、「悪しき形容詞」という奴であって、「悪しき」というほど猛威は奮ってはいませんが、にもかかわらず、これが、我々の存在を絡め手から、侵してゆくところがあります。「美しい」とか「素晴らしい」とか、その手の感動を表す形容詞が全て尽きてしまったような、裸のものの来襲ということを、先ほど言った「魂の露呈」あるいは「記号の露呈」というふうに、わたくしは考えていますし、事実、その様な瞬間が間違いなく、これはけっしてわたくしにだけではないと思いますが、あるということです。

そして、これを、「魂」という言葉にまとわりついている「魂の永遠性」であるとか、それから「精神の擁護」であるとか、さらにはまた、何か「理想」といったようなものの実現というふうにとってしまうと、今の話は全部壊れることになる。そうではなく、もっともっと物質的なもの、つまり、言葉を読んで、小説を読んで、そこに書かれていることに感動すると同時に、その我々を感動させている言葉それ自体が、それが所属しているところの、意味論的な体系、文法的な体系、そういったようなものからふいに浮き上がって、言葉それ自体として露呈し、我々を捕える瞬間といったようなことですね、それが「記号の露呈」という現象ですが、そのような、それ自体の物質性が最も高まった時に現れる「魂の露呈」といったようなものを考えてみたいわけです。

それが、映画においては一体どんなふうに現れてきたかというと、スクリーンという物があるわけです。スクリーンという物が何であるかを、物質的に定義するのは、非常に簡単なことであるわけです。つまり、フィルムという物があって、そこには、色彩があったり、あるいは影の濃淡があったりするわけです。それをスクリーンに投影すると、その反映として、我々は、ある種の物の表象を見るわけです。スクリーン上で何が行われているかというと、それは、光と影を通したある表象の戯れだということが言えると思います。

表象というのは、「それ自体」ではなくて、それを人々にそれと納得させるための、最もそれに相応しいやり方で再現されたイメージ、というふうに考えて頂ければいいと思います。つまり、人間がいて、仮にわたくしがここにおりまして、ここにテレビがあり、そのスクリーンにわたくしの顔が映ったとしますと、それは、エレクトロニクス的な技術によって、わたくしの顔がここに表象されている、ということになるわけです。わたくしが持っている、例えば、身体的な重みというのはないわけですし、それから、人間の物質的な厚みというものもない。それから、色も全く同じではない。しかし、何かを着ているということはほぼ判るだろう、という様な形で表象されるわけです。従って、スクリーンというのは、そのような光学的な問題に関わるものであり、また、スクリーンに運動が再現されるということは、力学的な問題でもあるわけです。さらに、生理学的な現象でもあるわけで、一秒間に二十四コマのイメージがプロジェクターの前を通過すると、そこに、自然な形でのわたくしの運動が表象されることになります。表象とは、けっして描かれるべきそれ自体ではなくて、それに最も近く類似していたり、仮に類似していなくても「それがあれだ」と判るための手段なわけです。

そのような表象というもの、それがスクリーン上に展開される。それに従って、映画について様々なことを語ったり、それから、映画の歴史を、例えばプラトンの「洞窟の比喩」にまで引き伸ばしていったりすることになるわけです。

ところが、もし、スクリーンの上に展開していることが、そのようないわば「反映」としての表象に過ぎなかったとしたなら、我々は本当に映画について、これ程の感動を持つだろうか、ということになります。例えば、最初期の映画の一つに、リュミエールが撮った映画ですが、『列車の到着』というのがあります。シオタというフランスのある駅に、向こうから列車がやって来る。それを映しますと、当時の人たちは、どっと逃げたわけです。大変な感動であったわけです。けれども、今日、我々は誰も逃げないわけです。そうすると、その手の「表象されたもの」が、どこまでその表象性の限界を持っているかということに関して、我々はすぐ、高をくってしまう。誰かが殺されそうになる場面がある。でも、あの役者は死なない、という確信が我々に強いわけです。殺されるのは、役者が演じている人物だけであって……、というわけですが、役者が本当に殺されるのではないかと思われていた時代もあったわけです。あるいはそのような混同が、そこまでみんなが確信しないまでも、存在したのです。

例えば、たまたまここにある『リュミエール』の第六号が特集していますが、有名なデイヴィッド・ワーク・グリフィスというアメリカの監督がいまして、リリアン・ギッシュ、ドロシー・ギッシュという姉妹がいますね。この六号というのは、大変良くできた号で、ふいに宣伝になりますけれども、これは世界一良くできた「グリフィス特集号」だというふうに思います。東京の映画祭や、その他でも、次第にグリフィスが再評価され始めて、その神話的な女優であるリリアン・ギッシュの再評価も盛んになりました。浅草に、「５６５６《ゴロゴロ》会館」というのがあるんですけれども、御存知でしょうか。浅草に雷門というのがあって、その雷門の「雷おこし」の会長という人が、電話番号を「５６５６」というふうに付けてホールを創り、「５６５６会館」と名づけたわけです。そこで、最近かなり面白い映画をよくやっていますが、今、「リリアン・ギッシュ祭」というのをやっています。リリアン・ギッシュは未だに生きていて九十一歳か二歳なんですが、この間、東京映画祭でやった『八月の鯨』というリンゼー・アンダーソンの映画、くだらない映画だから、見なくてもいいというふうに言いたいわけですが、それにやはり、リリアン・ギッシュが出ているので、彼女が出ている以上は見なくてはいけない映画になってしまいました。映画に関わってしまうと、こういう矛盾がいつでもつきまとってくるわけです。

リリアン・ギッシュはかわいそうな役ばかりやっていたわけです。例えば、『東への道』という有名な映画ですが、その時、リリアン・ギッシュは、どうしても自分の愛する男と一緒になれないので、ある大吹雪の晩に、密かに家を抜け出して、雪の荒野をさまよっているうちに、ちょうどどうまい具合に、というか、不幸なことに、川の上の、溶けかかった大きな氷の上に倒れてしまうわけです。そうすると、なぜか急に嵐は止んで、暖かい陽射しが射してきて、氷が溶け始める。リリアン・ギッシュが横たわっている氷が、どんどんどん小さくなって、川を流れて行く。そして、本当に、当時の観客はみんな「リリアン・ギッシュ、かわいそう」というふうにして、これを見たようです。つまり「あの作中人物が」ということではなくて、その作中人物をあたかも、本当の人物であるかのようにして。

先ほど言ったように、シオタ駅で汽車がずっとこちらに来るという映画に観客が驚いた、それに似た形のある種のもの、それをわたくしは「映画の考古学的な恍惚感」と言っていますけれど、それがないと映画が成立しない部分があるわけです。例えば、『駅馬車』の最後は、騎兵隊がインディアンをけちらしてやって来るわけです。そのような騎兵隊が、アメリカ史の中で、実際にはインディアンに対して悪事をはたらいていたことを知っていても、やはりあの場面では、「騎兵隊、万歳」という気がする。そのような構造というのを「映画の考古学的な恍惚感」と言いますけれど、まさにこのリリアン・ギッシュのような女優は、その「映画の考古学的な恍惚感」というものを体現することが実にうまかった人で、あまりうまかったので九十一歳になってもまだ死なないという素晴しい女優です。

今見たようなある種の感動に対して、いつでも我々は「そうではないんだよ」と高をくくっているような状況にあります。そして先ほど言った意味での「かわいそう」とか「美しい」「すごい」「素晴らしい」とか、そのような形容詞によって、我々の大半は、いつも守られているわけですが、批評は、そのような、ありきたりな形容詞によりかかって良いというわけではありません。我々が、いつでも何かに対して、ちょっと口にしたいような、形容詞を解きほぐす力というのが、その批評に込められていなければいけないわけです。そのような形容詞というものが持っている、共同体に対する力とは、その共同体が良いものであれ悪いものであれ、何かを「このようなもの」と思って、そのような形容詞で形容した場合に、みんなを「そうだ」と納得させるものなのです。これは、一つの気持のいいことではあるわけですが、実は、そのようなものが、人間が何かから自由になって、新たなる何かを築こうとする力を、内的に崩壊させているわけです。ですから、そのような安易な形容詞による記号に対して、いわば記号が持っている本来露呈すべきその力を絶縁させてしまうような安易な形容詞に対して、批評は、それを解きほぐすような力を持っていかなければいけない、というふうに思っております。「批評とは何か」という形ではなく、批評とは「魂の唯物論的な露呈」を変容することだ、と申しましたけれど、そのようなことを考えた上で、この『リュミエール』という雑誌のいくつかの特徴を、もう少し考えてみたいと思います。

編集方針というものがある。売れるということが編集方針かもしれないし、先ほど言った「安易な形容詞」による共同体的な支配から何とか逃れるべき方向が、それかもしれない。いったいどんなものが編集方針なのか、と問いますと、これは簡単に言ってしまえば、不可能なことでありますが、「映画の洩らすつぶやきを聞くための耳、あるいは聞くための目を養うこと」なのです。これが第一の編集方針です。次に、それとほとんど同じことなのですが、言葉としては矛盾してしまいます。第二の編集方針は「映画から自由になること」ということになるわけです。これは、映画とどこまでも寄り添うようにして、その洩らすほんの僅かの言葉をも聞き逃がさない、という気持と矛盾するかのように思えます。ところがそうでない、ということをこれから申し上げたいと思います。

では、それはどういうことなのか。これは先ほどの解釈の問題にも入ってきますが、それ自体けっして悪いこととか、我々の弱点というわけではありませんが、我々の住んでいる世界では、記号というものは（「記号」と言いましたが、例えば、一本の映画と言ってもいいわけですし、一冊の書物と言っても構いません）、けっして一つではやって来ないのです。記号とは、必ず何かを伴ってやって来て、その何かとの間にある関係において、我々を安心させたり、それから困らせたり、途方に暮れさせたりするわけです。記号は一つではやって来ない。何かの組み合わせの中でやって来る。その組み合わせを、我々は予め知っていることが多いわけです。あるいは、予め我々が知っていることを、いわば組み合わされた幾つかの記号の配置によって読むということが好まれます。従って、一つでやって来た記号に対して、我々は敏感さを持っていないわけです。簡単な例で言えば、例えば、『ミッション』という映画がありました。「あの映画は滝だよ」とよく言われます。「滝」という記号と『ミッション』という映画が一緒に来るわけですね。「滝壺に落ちる」ということと何となく一緒に来ているわけです。それ程、低俗なといいますか、別にそんなに低俗ではありませんが、そういうものを必ず何か伴って来るということ、これは、現代の特徴であって、これまた十九世紀以来、あるものは、それを肯定し同時に否定するような無責任な記号と必ず同調しつつ現れる。そして、同調して現れたのではない孤独な記号というのは、消費の対象とは成り難い。これは、当り前のことですけれど、そういうことになっています。

そこで、先ほど「映画から自由になる」と言いましたのは、けっして映画から完全に自由になるということではなくて、映画と共にやって来る他の記号たちを解きほぐしてゆきたい、ということなんです。記号は必ず「何々の」といったようなものと一緒にやって来る。そのやって来るものを、解きほぐしたい。そして、あたかも自分はそれについて何も知らなかったかの如くに、映画なりなんなりについて語りたい、ということがあります。

同時に、あたかも他の物と一緒にやってくるように見える記号から、他の物を全て取ってしまった場合に、先ほど言った「記号の露呈」という現象が起るわけですが、そこで起った事を、本当に自由に自分が受け止めるためには、つまり、自分が知らずにいるということを自分で確認するためには、多くのことを知っていないといけない、ということが前提になるわけです。つまり、これは「知識の配置」というものの中の非常に大きな、と言いますか、厄介な問題であるわけですが、無知な状態を完全に装うためには、無知であることを装うためには、我々は知の限りを尽くさなくてはいけない、ということがあるわけです。一番難しいのは、無知を装うことですね。つまり、完全な無知であれば、記号は、他の物とやって来るものとしてではなく、孤立した記号として、我々によって捕えられるわけです。但し、誰しも、完全な無知というものの中に自分を見出すことはできないのが現在ですから、そうだとすると、完全な無知を装うためには、我々は知の限りを尽くさなければならない、という予盾が出て来ます。これはけっして、矛盾ではないわけですけれども、一応、矛盾と言っておきましょう。これが非常に厄介なことになってくるわけです。

そこで、映画から自由になるためには、映画を巡るより多くの知識というものは、いわば消されることを目的としていて（というのは、無知を装わなくてはいけないわけですから）、何の有効性も持っていないということを、ある時、みずから証明するために、我々の側にそれを引っ張っておかなくてはいけない。これは、時に、ポスト・モダン的とも呼ばれる現代の状況の中で、我々が生きていくための、一つの生の保証でもあるわけですね。完全な無知というのは、我々にはもはや理想としてしか考えられないかもしれません。記号は必ず、限りない数の記号と共にやって来るわけですから。そうだとするならば、我々は、知の限りを尽くして、やがてそれを否定するために、あるいは、それが有効に機能しなかったということを自分自身、証明するために（フィクションとしてでも構わないから、証明しなければいけないわけです）、知を我々の側に引き寄せなければならない、ということになります。そこで、より多くの情報、と言ってしまうとちょっと簡単かもしれませんが、映画史的な知識というものを、くまなく持っていなければならないということになります。

従って、非常に難しいことになるわけですけれども、「無知を装うための知識」というものが、非常に倒錯的かもしれませんが、必要になります。何のためにそんなことをするのか、ということですが、それは、徹底的な無知をある時、装い得るためなのです。そのような無知の中でしか、先ほど言った「魂の唯物論的な擁護」は、できないわけです。「無知」と「徹底した知識」との間の非常に危うい均衡の上に生きていかなければいけないという義務感を、『リュミエール』は、背負い込んでいるわけです。

そこで、今まで、日本のジャーナリズムの中に、あまり登場してこなかったような映画史的な事実の検証を、いくつか、この『リュミエール』という雑誌の中でやって参りました。その最初のものは、第三号になりますけれども、「ハリウッド五〇年代」という特集です。

我々は、アメリカ映画をよく知っていると思っているわけですが、実は、非常に大きな欠陥が、あるいは知識の欠落があって、とりわけハリウッドの五〇年代というのは、いろいろな事情によって、日本のスクリーンから遠ざけられていたという事実があります。そこで、この「ハリウッド五〇年代」という特集によって、そのような知識の欠落を埋めた上で、先ほど言った「無知を装う」ことをしなければいけない、ということになります。

これはかなり力を入れた特集で、知らない間にページ数がどんどん増えました。この雑誌は、わたくしの責任編集ということをうたっておりまして、わたくしが『リュミエール』の編集責任者であるわけですけれど、責任者である限りにおいて、無責任を決め込む責任もあり得るわけで、ほとんど独裁的にページ数を増やし、そして、出版社を巻き込み、値段は据え置きという形で作りまして、最も愛着を持っている号です。しかし、わたくしの愛着と、皆様方の購買能力と、あまり同じ方向を示していなかったようで、一番売れなかったものです。「あれをやったからいけない」と、後々まで、会社その他から言われているものですが、これはまた、実に素晴らしいもので、作られたのではなくて、物を拾って来たわけです。拾って来ただけですから、人々が、中で、いろいろな事を言っている言葉を聞けばいいわけで、わたくしが、ここで何かを自分から提起したというわけではありません。実に面白いものがたくさんあります。

日本のジャーナリズムの中で殆ど無視されてきて、未だに無視され続けている「ハリウッド五〇年代」というものを、「装われた無知」に行き着くための知識の収集として是非ともやらなければいけない。それがこの「ハリウッド五〇年代」特集です。一番厚い号で、これを持った時はわたくしも本当にショックで、これが雑誌だろうかと思ったくらい厚いわけです。自分で作っておいて、そう言うのもおかしいですが、これは実に時間もかけられておりますし、こういうものの中では非常に面白いものであります。「ハリウッド五〇年代」は、先ほど言いましたように、日本の映画ジャーナリズムの中では、すでに通過してしまって、知っていることになっているわけですね。そして、その「ハリウッド五〇年代」に対して、いかに我々がまだ無知かというその「無知」を見つめていく中で、知識が増え、その知識が最終的に喚起されることを、わたくしは夢みているわけです。

これと同じような特集として、第七号で、「映画は越境する」というのを致しました。これはいわば、亡命の映画史といったようなものであって、我々がいかに自分自身の身を巡ってでさえ、亡命という事実を知らないかということがよくわかります。「西本正インタヴュー」という、未だかつて日本の映画ジャーナリズムでは、絶対にやったことのないインタヴューがありまして、これが三号続きましたけれど、こんなに面白い読み物は、最近ありませんから、まだお読みでない方は、是非これをお読み頂きたいです。

それで、これをお読みの方は御存知かと思いますが、西本正とは何者か？「何者か」という問いは、非常に通俗的ですが、まず、日本一のカメラマンであったわけです。中川信夫という素晴らしい監督がおりましたが、若い時に、その人のカメラマンであったこの西本正が、ある時、ふいに日本から消えてしまうわけです。そしてこの亡命の特集をするにあたって、絶対にそのような亡命者が日本にもいるはずだという確信を持って、世界各地に密かな電波を送っていたわけですが、香港から返って参りました。

西本正が香港にいた。但し彼は、西本正という名前ではなくて「賀蘭山《ホウランサン》」という中国名になっていたのです。そして、香港に於ける初期の空手映画を、彼が全部撮影していたということが判ったわけです。それが判った時には、やはりこの雑誌をやっていて良かったと本当に思いました。ブルース・リーのカメラマンになっていたんですね。日本で別に食い詰めたというわけではありません。西本さんとは、この間もお会いしたのですけれども、なかなかいい顔をなさった御老人です。日本では、中川信夫のカメラをとって、それから、新東宝という会社が左前になって、但し、それで逃げたというわけではない。彼は、新しいカラーの大型映画を撮るための技術を多く積んでいた。そこで、香港でカラー映画を撮るというので香港に招かれて、結局、香港に今なお居座って、今日の香港映画を育てたわけです。

そういう方がいるのなら、香港に行ってすぐにインタヴューしよう、そうわたくしなどは思います。が、これまた、日本の映画ジャーナリズムのあまりやらない事なのです。そういう人がいても、インタヴューまでは行かない。しかし、この方は、香港映画のいわばゴッド・ファーザーのような方であるわけです。だとすると、どうしたってこれは、「映画は越境する」という亡命の映画史の特集を組むにあたっては、日本で最大の亡命者であるその方のお話を聞かなければいけない。わたくしとしては、編集者としての強権を発動して「行きましょう」というふうに言った。そうしたら、なぜか、筑摩書房という会社が「はい」って言うわけですね。「かなりお金がかかりますよ」と言うと、「やりましょう」と言う。しかし、ちょうどわたくしは大学の方の試験の頃で、もう行きたくて行きたくて仕様がなかったけれども、行けない。それで、信頼する批評家の山田宏一さんという方に「西本さんがやっぱり香港にいるみたいだ」と言ったら、彼は「じゃあ僕は行きます」と答えるわけですね。それで、もう一人、山根貞男さんという方に電話すると、「それは行かないといけないだろうな」というわけで、二日後に、二人は香港に行ってしまって、三日後には、西本さんと意気投合して中華料理屋で三人で酔っぱらい、そして五日後には、沢山の資料とインタヴューを持って帰ってこられました。

第一回がなんと、原稿枚数にして、一二〇枚。「香港への道——中川信夫からブルース・リーへ」と題して、延々と続いたんです。今回でやっと終わったわけですが、普通のジャーナリズムでは取り上げないような方が、我々が発していた電波に、向こうから対応してくださったわけで、本当に「この雑誌をやっていて良かった」ということがあります。亡命ということだけを取れば、タルコフスキーとかいう人たちがすぐ挙がってくるわけですが、それだけではなくて、この日本を代表する、ある時期までは最も優れたカメラマンが、知らない間に香港に行って、しかも中国名で香港映画を撮りまくり、そして今なお香港に暮らしておられる。今はもうかなりのお歳ですが、この四月にお会いできた時には、香港式の乾杯で盃を持たされまして、「乾杯、乾杯」となりまして、わたくしはお酒を飲めないのですが、仕方ありません、すっかり飲んでしまったということがあります。やはり、そういう素晴らしい方がおられる。普通ジャーナリズムの中に入って来ないような幾つかの問題を、取り上げていくというのが、その次の使命ということになってきます。

そして、これは、無知を装うために知を可能な限り収集しなければいけない、という立場から出て来た特集ということになるわけですけれども、それでは、第三番目に、何を編集方針としているか。西本正さんの場合もそうなのですが、今まで、映画関係の人たちというのは、自分の考えは自分の映画で表現していますから、映画については語らない、と思われていたわけですが、それは実は正しくないと思うわけです。必ず何か、映画で言いそびれたこと、あるいは、映画的な言語に移し替えられないことというのがあるわけですね。何かのきっかけを受けると、いきなり自分の映画を否定するようなことまで喋り始めるというのが、作家たちであるわけです。そこで、この『リュミエール』の第三の編集方針は、作家たち、あるいは必ずしも作家に留まらず、先ほどの西本さんのようなカメラマンということもありますけれど、そのような作家たちにじかに語ってもらう、ということがあります。

これは、第二号の「フランソワ・トリュフォーとフランス映画」という特集の時からずっと続いていることです。この特集の時には、まだ生きていた頃のフランソワ・トリュフォーに山田宏一さん、山田さんはトリュフォーの昔からの親友です、それからわたくしもその横に侍らせてもらい、トリュフォーの言葉をずっと聞くということをやりました。テープにして二十本位、たぶん三十時間とか四十時間とかそれくらいになるのではないかと思いますけれど、それをずっと続けました。これは、いずれと言いますか、近く本になると思いますが、世界に存在していないような「トリュフォー自身によるトリュフォー」という本になるわけです。世界の猿真似ではつまらないわけで、やはりこれだけのことをやって、向こうにも驚いてもらわなくては困るわけです。トリュフォーのインタヴューというのが、そのような形でずっと、今なお続いております。

外国のものを翻訳するというだけではなくて、実際に、トリュフォーが日本に来た時に会い、それからまた、余裕があれば、我々が向こうに行ってトリュフォーの話を聞き、そしてまた、彼が日本に戻って来た時に聞くということをしました。これは実に面白いことであるわけです。トリュフォーは、フランス語で出るインタビュー記事では、いろいろな人のことを気遣って、言えないようなことを、日本ではポロッと洩らしてしまうわけですね。彼は、他人の悪口を言わない人だったのですが、日本に来ると、変に悪口ばかり言っているのです。それから、我々にはそのようなことを例えば十何時間続けてくれる。ところが、トリュフォーは、フランスの批評家にはそれを許さないわけです。実に傲慢な態度をとって、日本で、たまたま映画祭の時に、フランスから一人かなり有名な批評家が来ておりましたけれども、彼は剣もほろろと言いますか、相手にしないわけです。そして「あんなくだらない奴を相手にする必要はない」と言って、我々の所へ来て話を続ける。これは、いやみもいいところなわけです。二人の日本人がインタヴューしているのに、一人のフランスの批評家が会いに行くと、「お前にはインタヴューなんかさせてやらない」と言う。もちろんそれには、トリュフォーが、山田宏一さんを非常に信用していたからということがありますけれども。ともかく、世界に存在していないような、トリュフォーのインタヴュー「映画を語る」が、ずっと続いております。これは、日本人だから、そのようなことができるという特性があるわけですね。と同時に、日本とかフランスという国境が、ある所で消えてしまうことがあります。

第九号、一番新しい号ですけれど、これには、本誌独占インタヴューというのが初めて表紙に出まして、「ジャン＝リュック・ゴダールは語る」とありますけれど、これは本当に、本誌独占インタヴューであります。最近ゴダールは、フランスの何処の映画雑誌にも、ほとんどインタヴューを断っています。なぜかというと「批評家は馬鹿だから」ということであるわけですね。それがどうして、わが『リュミエール』ではできたかについて、ちょっとお話ししたいと思います。この『リュミエール』を始めた時に、いつかゴダールのインタヴューをしなくてはいけない、それがわたくしの夢だったわけです。

ゴダールというのは、わたくしの極く簡単な見取り図によって映画史を考えると、非常に重要な作家です。最初に、先程お話ししましたデイヴィッド・ワーク・グリフィスがアメリカ映画を作るわけですね。そして、その後それ程積極的に映画を作る人はいなかった。映画の中で自分の仕事をしていた人たちはいますが、やはり、グリフィスがいなければ、映画は成立しなかった。

ところがゴダールは、そのような映画というものを、いわば内側からもう一度、今のいやな言葉でいうと、deconstructする、deconstructなどと言われ始める前に彼は使っていたわけですから、彼の方が早いわけですが、いわば、グリフィス体験というものを基にして映画を作る。つまり、グリフィスが映画の可能性を世界に向けて広げたとすると、ゴダールは、その可能性の中に含まれていた不可能性をいちいち真の不可能性として映画から消していった人だ、とわたくしは考えるわけです。つまり映画史を語るには、この二人でいいわけです。グリフィスがいて、ゴダールがいる、というふうにわたくしは考えております。

従って、ゴダールには、どうしても話を聞かなければいけない。それで「いつ聞こうか」と昔から考えておりました。しばしばフランスに行っても、なにせゴダールという人は傍若無人といいますか、いいところの生まれの人なのですが、「日本人は笑うから嫌いだ」というような悪口を言ったり、「テレビは何故あんなに小さいか。それは日本人が作ったからだ」と嘘を言ったり、テレビを作ったのは日本人ではないわけですけれども、「テレビには愛がない。それはSONYが介在するからだ」などと、いろいろそういうことを言って、我々が近付きにくいところがあったわけです。しかしどうしてもやらなければいけない。とりわけこの第九号で、B級映画を特集致しました。B級といえばゴダールであるわけで、どうしても聞かなければいけない。ということで、今年(一九八七年)の六月ぐらいから少しずつ動き始めたわけですけれど、いろいろな人に、例えばゴダール論を書いている人などに手を回しても、どうもうまくいかない。

そこで、七月にフランスに行きましてから、ゴダールの親友ではないのですが、その親友の周辺にいるフランスのある映画作家に、「何とかゴダールのインタヴューを取れないだろうか」と言うと、彼は即座に「預言者に会うことは難しい」と言うわけです。しかし、「難しいということは、不可能ではないということだから、試してみよう」ということで、彼が八方いろいろな所へ電話をかけてくれたんです。

本当だったら、映画関係の方へ行くわけですが、どうもそうではなくて、何か旅行エージェンシーに働いている人の所に電話をかけると、その人が「よしよし」というようなことを言って、今度は銀行か何かに電話をかける、わたくしとしてはだんだん遠ざかっていく様に思うのですけれど、どうも逆にゴダールに近付いているという印象もありました。そして最後に、ゴダールのエージェントの所までゆきました。そこへ直接電話をかけることは簡単なわけですが、例えば、わたくしが「インタヴューしたい」と言いますと、あらゆる世界のジャーナリストに対してそうであるように、「何故か」と聞くわけですね。「何故か」は英語で言う、“Why?”であるわけですけれど、それを全部言わない限り、駄目なわけです。それで、それを言っているうちに、「くだらないからやめる」というふうにして彼はいなくなってしまう、ということなので、じかに彼のエージェントに電話しても、駄目なわけです。それで、変な絡め手となったわけです。わたくしはそのつもりはなかったわけですが。頼んだ映画作家から、旅行エージェンシーから、どんどんどんどん遠くに行ってしまって、いきなりふいっとパリに返って来て、「ここへ電話しろ」と言うので、エージェントへ電話をしますと、「ゴダールさんは、あなたの雑誌に非常に興味を示しておられるので、近くあなたのインタヴューを受けることを、ほぼ了承された」と言う。そして、あんまり簡単だったので、わたくしは心配になりまして「いつだろうか」と言うと、「いついつ、どこどこに電話をかければ、そこにゴダールさんがいる」と言う。

仕方がない、電話をしたわけですね。するとゴダールが出て来るわけです。それで「わたくしは、こういう者ですけれど」と言うと、「ああ、いつでもインタヴューに応じるけれど、今は忙しいので、何曜日に電話してくれ」と、だいたい一週間先を言うわけです。何月何日と言わないで、曜日で必ず指定するわけです。「木曜日の十一時」。木曜日の十一時に電話をすると、「月曜日の三時」と、ぱっとその場で出るんですね。ふざけてやっているのじゃあないかと思うくらいに、出てきまして、最終的に「土曜日の十一時に私の家に来い」ということになったわけです。その間、曜日が次々に移ってきました。

「土曜日の十一時に私の家に来い」と言った彼の家は、スイスのレマン湖畔のロールという、非常に美しい、と言いますか馬鹿みたいな町にあるわけです。なんにも起こりそうもない、犯罪もないだろうし、感動もないだろうし、こんな所にどうして映画作家が住めるのか、と思うくらい静かな町に彼は家を構えているわけです。そして、わたくしはちょうどその頃、スイスのロカルノという所に行っていまして、そのロカルノ映画祭で、金曜日にゴダールの映画が上映されるはずだったのです。

ところが、同じスイスといっても、ゴダールの住んでいる所は、直線距離にしたら簡単なのですが、アルプスを越えて行かなければいけない。車だと五、六時間で行けるような所なのですが、東京周辺で言いますと、八ヶ岳の麓を小海線がとおっていますが、八ヶ岳をぐるっと回って行く、あの感じなんです。見えてはいるけれど着かない。遅い遅い電車に乗りまして、結局、六時間くらいかかります。しかも、計算してみると、土曜日の十一時に行くためには、前日、どこか近くの村まで行って寝ていなければいけない、というので、前日に出まして、質問をいろいろ考えたわけです。

今までゴダールの所にいろいろ聞きに行った人たちがいる。リヨン大学の先生が、ゴダールを題材にした博士論文を書いている時に、「是非ゴダールさんにお会いしたい」と言ったら、「会うことは拒まない」と言う。そこで、会って彼が「私はあなたについての論文を書こうとしています」と言うと、「書くがよかろう」と言ったまま何も言わない。それでいたたまれなくなって、逃げて帰ったという話。それから約束の時間に彼の家を訪ねて、ドアをノックすると、「誰か」と言うので、名前を言うと、「あなたの声が気に入らない、帰れ」。あるいは、開けて招き入れたとたんに、しばらくその人の顔をじっと見て、「忙しいから帰れ」と言う。そんな不吉な話を次々と聞かされていたわけです。

それで、わたくしはそのどれに当るのか。別に博士論文を書いているわけではないけれど、それに似たことをインタヴューしたいわけですね。開けたとたんに、バタンというのもイヤだし、だから、十一時に先方に着いても、とてもできるとは思っていなかったわけです。非常にきれいな町なのですが、その町の中で一番ほこりっぽい醜い場所に彼は住んでいるわけです。もう一〇メートルも行くと、レマン湖畔だというのに、その裏通りはほこりっぽくて、しかも、昔の映画館が壊れた後を直したらしい冴えない所で、こんな所に本当に彼がいるのかしらと思いながら、わたくしは入りました。

すると「おれは忙しいから」と言うので、「来たな」と思ったのですが、「忙しいから、編集をしながら、あなたの質問に答える」と言って、編集台の前にドンと坐ってグーッと編集台を回して、「今おれが編集している映画だ」とか言って見せるわけです。そして、よくゴダールの写真で見るような大きな葉巻を吸ってですね、最初は、本当に編集しながら、話を聞きました。あんなにジョキジョキ切ってしまっていいのかと思うくらい簡単に切って、その切ったフィルムをそこらへんにベタッと貼り着けて「ふむふむ」なんて言っているうちに、しまいにふっとこっちを向き直って「食事に行こう」というわけです。

それまで、「ゴダールは絶対に人と食事をしない人だ」と聞いていたわけですね。従って、これは悪しき兆候なのか良き兆候なのか、全然判らない。ゴダールという人は「物は食べればいい」という人らしい。映画作家には両方あるわけですが、ヌーヴェル・ヴァーグの人たちは、粗食に甘んじて、トリフォーなんかでも、とにかく何か食べればいいという人だったわけですけれど、ゴダールもそれで、いろいろ彼の食事を巡る話というのも前もって聞かされていたわけです。

彼の住んでいるロールのすぐそばにローザンヌという町があって、そのローザンヌには、シネマテークがある。『フレディ・ビュアシュへの手紙』という面白いゴダールの短編がありますが、そのフレディ・ビュアシュという人が館長をやっている所です。ローザンヌは人口の少ない田舎町ですから、このシネマテークで会合があった後は、だいたいシネマテークの人がおいしい料理屋に連れて行って、みんなを食べさせるというのが、暗黙の了解なんだそうです。何か会合がありまして、それが終わったので、みんながそれとなく、最もおいしい高い料理屋の方に歩き始めたのだそうです。ゴダールだけが、反対側を目指してトントンと歩き始めて、中で一番まずいカフェにペタンと坐ったので、みんなも仕方なく付いて行った。その晩は、おいしいフランス産のワインでも飲もうと思っていると、ゴダールが「ビールにサンドウィッチ」と言うので、全員が仕方なく、「ビールにサンドウィッチ」と言って食べたということなんです。

こういう話をいろいろ聞いておりましたから、どうするのかと思っていたら、食事をしながら、実に楽しそうに喋り始めるわけですね。わたくしの質問しないことまで自分から語り始め、とにかく、乗っているということが判りました。はじめは、いつ「帰れ」と言われるかと思って心配していましたけれど、乗ったら、今度は、なるべく引き延ばしてやろう、ということで、結局二時間何分、食事をしながらインタヴューしました。まあ、食事は非常に粗末なものでした。その日の定食という奴ですね。それを何も聞かないで頼む、「定食をくれ」と。そして店の人はポタージュも勧めるのですが、“Non. Non. Non. Non.” 唯一の贅沢といえば二杯コーヒーを飲んだことだけです。その間、実に楽しく喋ってくれまして、「これは成功したな」と思いました。

どうして、人々はゴダールのことをあんなに悪く言うのか、「彼は性格が悪い」とか「すぐ人を軽蔑する」とか「すぐさま人を追い返す」と言うのか。全然追い帰されもせず、全部喋ってくれて、「こんなに面白かったことはなかった」なんて彼が言うから、「本当かなあ」というふうに思いながら、日本に帰って来ました。

帰って来たとたんに、彼から電話がありまして、「すぐ、パリに来い」と言うのですね。「何故か」と言ったら、「新作を東京映画祭に出さなければいけないんだが、東京映画祭に出すためには、英語版と日本語版と両方つくらなければいけない。おれはそんなことをしている暇はない。おまえがここに来て、訳して、ナレーションを入れてくれ」と言うのです。あとはエージェントとのやりとりになるのですが、「それはできない。僕もまた今、教師という駄目な商売をやっているが故に、これから試験があって……」とか何とか言うと、「ウーン」なんて黙って、それで話は終わりになったかと思ったら、やはり簡単には引き下がらない。「日本人を五人、今スタジオの中に待たせてある。おまえがすぐこのナレーションの最初の部分を訳して送ってくれ」と言う。今は、困ったことにファックスというものがあるために、一度に送られてきてしまうわけです。「今、五人待たせている、その声を試すんだ」と言うので、仕方がないので、すぐ訳して、送りました。

そうすると、「五人とも、おまえほど声が良くない」と言うんです。これはまた、どういうことなのかよく判りませんが、「やっぱりおまえが来てほしい」と言うのです。「そんなものかなあ」というふうに、わたくしも思いましたけれど、変なもので、声だけはやはりいいんじゃあないか、ゴダールが言うのだから、世界史的に正しいのではないか……と。

そのことはそれであきらめたようでしたが、そうすると、今度は「映画祭の規定では、英語版を作らなくてはいけないというが、別におれは映画祭なんて出したくないんだ。ゴーモンという会社が作って、ゴーモンの馬鹿が出しているだけだ。おれは日本人の観客に、スーパーだけでも見てもらえれば、それで構わない」と彼は言い出すんです。「従って、おまえがスーパーをやってくれ。もう一人（というのは、いつもゴダールの映画を配給しているフランス映画社の柴田さんという人なんですが）が助けるから、スーパーの技術的なことは、彼が助けるから、おまえが訳してくれ」と。「そんなこと言ったって、僕はまだ大学の試験なんですよ」と言うと、ガシャンと切ってしまうわけです。

ところがまた、ファックスがありますから、その一瞬後に、ダイアローグ・リストが着いてしまう。ところが、映画の方が全然来ない。映画が来ないで、どうして訳せるのか。見ないと、全然判りませんからね。そして、わたくしは「はい」とも、「やる」とも言わなかったわけですが、東京映画祭の方に、彼が電報を打ってしまったのです。それで、そこから、「あなたがやってくださるそうですね。映画が来たらお知らせします」という電話が来まして、「そんなこと言ったって暇がないんです」と言うと、「いいえ。何とかして頂かないと困ります」と言うのです。

結局、七日間徹夜してやりました。しかもゴダールの映画は、いわゆるダイアローグが続く映画ではないわけです。飛びに飛ぶわけですから、映画を見ないと判らない。ところが映画が着いたのが、東京映画祭の上映日の六日前なんです。わたくしは、これはもう絶対不可能だから、何もしなくていいのだと思っていたら、映画の人たちというのは、諦めないんです。で、その晩、五時から始めて、翌朝の五時までやっても、誰も「やめよう」とは言わないわけです。わたくしが「明日、八時半から試験なんだけど」なんて言いますと、「ふふーん」なんて言って、とりあわないんです。仕方がないので、わたくしは、大学院の入試の採点に行きまして、ひーひー言って、夕方五時に帰ってくると、彼らはやっていて、遂になんとか仕上げてしまったということがありました。一端こういうものにかかずらわってしまうと、もう物理的な時間がメチャクチャになるわけですね。一週間で映画にスーパーを入れるなんて馬鹿なことは、文学の世界では絶対にありえないわけです。「それは無理だから、来月号に延ばそう」みたいなことになるわけですが、映画祭というのは日にちが決まっていますし、しかも誰もできないとは思わず、みんなやってしまうんですね。疲労こんぱいしてしまうわけです。にもかかわらず、それだけのことを、彼が「何とか、あいつに翻訳をやらせよう」と思うだけのことを、わたくしがゴダールに聞いたのかなというふうに思い、このようなインタヴューは、やはり全く無駄ではなかったと思いました。

それから、この前日本で上映された『ゴダールの探偵』というのがありますが、この翻訳が悪くて、よく判らなかった。わたくしがやったら良くなったかというと、これまた全然判らないわけですが、この映画『右側に気をつけろ』を御覧になった方がおられると思いますが、翻訳を見ても判らず、スーパーを見ても判らない。なんせ最初に出て来るのが白痴の男で、その白痴をゴダールがやっていて、ドストエフスキーの『白痴』と関係がありそうなんだけれど、彼が読んでいる本は、『白痴第二部』というものなんですね。とにかくよく判らない。わたくしなりに判った確信はありますけれど、よく判らないと言った方がいい。そういう映画に、『リュミエール』をやっているが故につき合わされてしまう。それはいいことであり、面白いことでもあるわけですが、また、非常に、物理的にも骨の折れる仕事なわけです。しかし、今のところ、そういう所から抜けられなくなってしまっています。

そして、そうこうしているうちに、日本ではまだそれほど浸透していませんけれど、外国の作家たちが、『リュミエール』といういい雑誌があるらしいが、おれのインタヴューもやらないかい」と気軽に話しかけてくるようになったわけです。ところが、わたくしはかなり厳しい人間ですから、「やらない」というふうに突っぱねている、やたらな人はやらないと。そうすると、何かやってもらいたそうに、ふらふらしていたりするのが非常に面白いんです。そんなふうになったのかなあという気がします。作家たちはこれに出ることをみんな望んでいるようで、ゴダールもそのことは知っていたみたいです。『リュミエール』と言うとそれでOKになった、ということなのです。そういう作家たちには知られ始めた、ということはあるようです。

それは、何がきっかけかといいますと、これも日本の映画雑誌ではほとんどやらなかったことで、今の話と関係してくることなんですが、「特別寄稿」、これはどこの雑誌でもやっていることですけれど、というのを第八号でやったわけです。次第に通俗的になってきまして、最新号の九号では、「本誌独占インタヴュー」、八号では、「特別寄稿」というのがあるわけです。

その「特別寄稿」を、日本の雑誌としては画期的と申しますか、サミュエル・フラーという大監督に人を介して頼んでみたわけです。「次の特集はジョン・フォードとハワード・ホークスとラオール・ウォルシュです。あなたはたぶん三人ともお好きだと思うし、これまでにお付き合いもあったことと思いますから、そのお付き合いのことを書いて頂けますか」と言ったら、二週間後に、タイプ印刷のまま、原稿がポンと届いてしまった。これは日本語に訳しただけでは仕様がない。その中には、他のどこにも書いていないようなことが書かれていますので、これまた暴挙といえば暴挙で、日本の雑誌としてはおかしいわけですが、彼の原稿を全て欧文で入れてしまったんです。

これを載せたら、やはりかなり感動した人たちがいた。サミュエル・フラーに一番私淑しているのは、ヴィム・ヴェンダースという監督ですが、たまたまこの号が出た直後、ヴェンダースも書いてくれているので、これを届けると、彼が「あれは実にいい記事だった」というふうに言うんです。そうしますと、必ずこちら側に物理的な被害が及ぶようなことが、彼らから出てくるんです。このヴィム・ヴェンダースも、七月のロカルノ映画祭で、彼の新作が上映された夜、「二時に来てくれ」と言うので、どうして夜の二時とかそういうことを映画作家たちは平気で言うのかといぶかりながらも、午前二時にグランド・ホテルという所に行ったら、彼は、いろいろな人から乾杯を受けていました。そして彼は『リュミエール』は大変いい。ついては……」と言うのですが、これがまた面倒な話で、『カイエ・デュ・シネマ』（これは、ゴダールなどがやっていた雑誌です）の四〇〇号記念に、存在しない映画のシナリオを全世界の作家たちから集めて、私が編集して出す」。これはまあ面白い企画ではあるんです。存在しない映画、撮ろうとして撮れなかった映画の、シナリオですね。それで「絶対に小津安二郎にもあるはずだから、小津安二郎の存在しない映画のシナリオを、すぐ訳して送ってくれ」というのです。

ヴェンダースのような人から「すぐ訳して送ってくれ」と言われて、また「試験があるから」と言うのも、これもまた非常に……、事実、試験が控えていたわけですけれど、ですから、仕様がない、そういう時には、ほとんど国家の威信を背負った形で、「よし」というふうに言うわけです。それで帰って来まして、ゴダール騒動と同時にこちらの方も進行させせました。『カイエ・デュ・シネマ』の四〇〇号記念ということですから、九月十日が締め切り、ゴダールも、九月十日までに全部訳して送れ、というわけです。わたくしにとってこの九月十日というのは、非常に不吉な日でありました。

少し締め切りに遅れましたけれど、送りました。小津の映画で『遙かなり父母の国』という脚本があるわけで、これは存在しない映画です。小津がシンガポールで撮ろうとして撮れなかった映画で、それが残っている。小津を巡っていろいろな人たちがいろいろな本を書いています。ドナルド・リチーという人の小津論の中には、どうしてその様なことを言い出したのかは判らないけれど、「この映画のシナリオは完全に抹殺されてどこにも存在しない」と書いてある。ところがもちろん、それは存在しているわけで、小津監督の弟さんの小津信三という人がずっと持っていて、ある所に寄付したわけです。それを訳し、手紙を添え、「こういうものだ」ということを書いて送ったわけです。

たまたま今日、夕方、ここに来る直前、『カイエ・デュ・シネマ』から速達で、四〇〇号が届いたんです。ここに持って来て、皆様方にお見せしようと思ったら、あまり素晴らしい出来なので、うちの家内が「これから読むから、持って行くな」と言いましたので、持って参りませんでしたけれど、四〇〇号と一口に言っても、これは実に長い長い歴史があるわけで、この中に小津の、わたくしが訳して送った脚本が載っております。

だいたい日本の映画雑誌は、外国のものを輸入したり、そういうことに尽きていたわけですが、『リュミエール』の場合は、そういう相互援助のような形で、実にいろいろな波が広がって行きました。わたくしは疲れてしまったので、もうそろそろ八号くらいでやめたいと思っていたわけですが、ちょっと世界がやめさせてくれそうもない。そこまで言っていいのか判りませんが、今の実感は本当にそうであるわけです。そういう感じになっていますので「もう一年ぐらいやらなくてはいけないのではないか」というふうに思っております。

わたくしは、国家公務員として様々な授業を国立大学でやっておりますし、それから、様々な他の活動もやっております。文芸批評家などと呼ばれたりしたこともあるし、それからフランス文学者などと呼ばれてしまうこともある。実際に、本当に書きたいものを、どこかに書いているわけですが、なかなか本にする暇がない。わたくしの本のリストを最近は全部、本屋さんがコンピュータに入れてあるわけで、チョンとやると「蓮實重彦」とパーッと出て来て、その時よく売れたか売れないかという印らしいものとか、プラスとかマイナスというのが付いて出てきてしまうのです。それを見たら、どうしてこんなに、本当にやらなければいけない仕事とは違う仕事ばかりやっているのだろうと思いました。迂回に迂回を重ねて、やりたいと思っている仕事そのものは、この『リュミエール』を始めて以後一年間、今のところ初稿のゲラの段階で、わたくしが返さないので本になっていないわけです。雑誌をやり始めると、とてもそんな暇はありません。

どうしてこんなことを始めてしまったのか疑問が残るわけですが、今言ったような国際的な波紋が広がってしまい、これに載ることを名誉だと思うような、馬鹿なといいますか、変な人たちも出てきて、インタヴューさせたがっているとか、そういう雰囲気になってきています。

そうすると、この人たちに「ノン！」という喜びは、非常に大きなもので、「絶対にインタヴューしたくない人のリスト」などというものもできておりますし、妙な楽しみも出てきてしまったのです。そこで、もう少しこれに付き合って、日本のジャーナリズムそのもの、映画のジャーナリズムそのものが、何か変わって行くことに役立てばいいなと思っているところです。最低あと一年くらいは是非、責任編集ということで、猛威を奮い、人々が暴挙というようなことをやっていかざるを得ない、と思っているわけです。

その際、皆様方の中に「何かこういう書きたいことがある」とか、「こういう人にインタヴューしてみたい」とか、具体的なものがありましたら、「リュミエールは開かれる」という欄があります、これは読者の方々に、読者を装った読者でない方々でもよろしいわけですが、書いて頂くページです。従って、皆様方にもこれは開かれておりますので、興味、関心と言いますか、反応を示して頂きたいと思います。

あと一つ、これは全く意図的に何も言わなかったことがあります。それでは、どのような映画批評を、映画だけではなくて批評一般ですね、それを『リュミエール』は求めているのかということについて、実は、敢えてお話ししなかったわけです。というのは、日本の映画批評の水準というのは、正直言って、かなり高いところにあるわけです。特に若い方々がいろいろ外国に行って勉強されたり、それから日本でも勉強されたりしております。しかし、少なくとも、新聞水準というのがありますね。例えば、『ニューヨーク・タイムズ』の批評と、『朝日新聞』の批評とどちらが面白いかといえば、『ニューヨーク・タイムズ』の方がやっぱり面白いわけです。それからいわゆる週刊誌水準というのがあって、例えば、『ニューヨーカー』の批評を読むと、やはりそれ以外の週刊誌の批評文より面白いということがあります。しかし、それ以外のものは、日本の映画批評の水準というのは、かなり高いわけです。但し、にもかかわらず、今回、敢えて映画批評の話をしなかったのは——これは日本の経済的な優位なのか、まあ、余裕の現れでもあるのでしょうが、ある程度安易に書けてしまうという状況が、日本にはあるわけです。例えば、『リュミエール』に書かれる方も、みんな非常に上手に、若い方でも書きます。例えば他の雑誌なんかでも、実に器用に、こまめに、上手に書かれる方々が多いわけなのですが、実は、映画批評というのは、日本人が器用に書けるようになればなっただけ難しいものなのです。

フランソワ・トリュフォーは、中学は中退で、感化院に入れられてそこから脱走して、兵隊に入ってまた脱走して、というから、もうほとんど日本で言う高等教育も受けていないような人で、ひたすら映画を見ることのみで、字を書くことも映画から習ったような人なんです。ところが、トリュフォーの批評というのは、今回のインタヴューの中でゴダールも言っておりますけれど、これはやはり歴史に残る名文であるわけですね。この名文というのは、優れた文章というのがあらかじめ存在し、その規範にあった形の名文というのではなくて、まさに映画と巡り会ってしまった者が、映画から受けたいろいろな痛手とか快さとか、そういうものによって、まさにまだ存在していないような文章を書いてしまったというところがあるのです。それで、これは芸術批評一般に現れる、つまり自分が対象としていたものを分析するのではなくて、対象としていたものを吸収することによって、自分自身の文体がそこででき上がって行くといったような、そういう文章なわけです。わたくしは是非、そういうものが日本に、もっともっと出てきてほしいと思います。器用にまとめる方は非常に多いわけですが。

明らかに、映画を見ることによって、トリュフォーは、書くことを学んだ。これは、音楽を聞くことによって書くことを学び、また、野球を見ることによって書くことを学ぼうと、構わないわけです。そういうものが批評、少なくとも批評の名に値するようなものであるという気がします。従って、わたくしは批評の方法とか、こういう批評がいいものであるから是非こういう形で書いてほしい、というような大きな目標を敢えて示さないのです。トリュフォーよりも頭のいい人が、フランスには沢山いるわけです。例えば『緑の光線』を撮ったエリック・ロメールという人は、大学教授でもあり、トリュフォーなんかより遙かに知識もある人なのですが、書かせると、やはりトリュフォーの方が断然面白いということがあるわけです。そのような面白さを誘発するものとして、映画なり、小説なり、文学なり、そういうものがあってほしいと思いますので、あえて、あるまとまった形での映画批評というものを、ここでは取り上げなかったわけです。映画批評は、日本では、開かれたものとしてあらゆる人にまだ残されている。かなり水準は高いにもかかわらず、そのようなものとして残されているということを、最後に皆様方に、申し上げたかったのです。

7

「革命」のための「プラットフォーム」

共同のプラットフォーム

わたくしたちは、いま、新たな十年、新たな百年、新たな千年への移行に立ち会っております。さまざまな「変化」への予兆をはらんだこの記念すべき年のAGS年次総会に出席し、ご挨拶する機会に恵まれましたことは、わたくしにとって大きな喜びであります。わたくしは、まず、この総会を周到に準備されましたマサチューセッツ工科大学のスタッフの皆様のご努力に、東京大学を代表して心からの感謝の気持ちを表明させていただきます。それと同時に、人類の歴史にとってことのほか意義深いこの時期に、わたくしたちがたまたまこの地球上に生存しており、こうして同じ時間、同じ空間を共有していることの喜ばしい偶然を、皆様とともに祝福しあいたいと思います。わたくしたちを一つに結びつけている〈Alliance for Global Sustainability〉の概念は、新たな千年への移行に立ち会いつつある個人的な「偶然」を、人類にとっての「必然」へと変容せしめよと誘っているかにみえます。事実、この時期、この地上に生存しつつある者だけに可能な「変化」への契機をさぐりあて、その効果をいたるところにおし広げ、その広範な享受を目指そうとするためにAGSは創設されたのです。

一九九四年にその基本的な設計図が描かれ、一九九六年に協定が正式に調印され、一九九七年一月から個々の研究プロジェクトを発進させた三大学間のパートナーシップは、現在、同時並行的に推進されている三七の国際的な共同プロジェクトを通して、徐々に、だが確実に、具体的な成果をもたらし始めております。その中のほんの一つをとりあげるなら、たとえば、花木啓介教授を中心に進められている〈Tokyo GHG Half Project〉は、国籍を異にする助手や学生をはじめとする多くの若い研究者たちの積極的な協力によって、いま確かな輪郭におさまろうとしております。わたくしは、そこに「共同のプラットフォーム」〈Collaborating Platform〉としてのAGSの有効性を、改めて認識せずにはおれません。事実、この「プラットフォーム」がなければ具体化されはしなかっただろういくつもの共同プロジェクトが、この国際的なパートナーシップの必然性を証明しております。

環境学専攻

その「プラットフォーム」をさらに開かれたものとするために、東京大学は、一九九四年四月に大学院新領域創成科学研究科を発足させました。前回の総会の折りに予告しておいたこの喜ばしい「変化」が具体化されたことを、喜びとともに報告したいと思います。この研究科は、本郷のメインキャンパスから二十数キロ離れた新キャンパスへの移転が予定されており、すでに建物の一部の建設が始まっております。この新たな研究教育組織を支える三つの重要な柱の一つは、「環境学専攻」にほかなりません。理学、工学、医学、農学、文学、社会学、地域研究、法学、政治学、経済学、統計学など、複数のフィールドの専門家六七人を主な構成員として、この「専攻」は、伝統的な学問分野の効果的な融合によって、地球環境という問題に取り組もうとしております。

「環境学専攻」は、自然環境、環境システム、人間人工環境、社会文化環境、国際環境協力の五つのコースからなり、すでに修士課程の学生を受け入れ、旺盛な研究と教育活動を始めております。現在、環境システムコースの柳沢幸雄教授と、社会文化環境コースの味埜俊教授が中心となり、環境研究にふさわしいカリキュラムの体系化と繊細化にはげんでいます。それは、たんに大学院教育にとどまらず、小学生から成人にいたるまで、あらゆる年齢層の人びとに有効な知識の構造化を目指しております。環境学の教育には、終わりは決して訪れないのでありますす。このことは、今回の総会の主要なテーマである〈Education : learning to lead〉と深い関係を持つことになるでしょう。

わたくしは、「環境学専攻」の今後の活動に多くの期待を寄せております。その新設は、東京大学に新しい「専攻」が一つ加わったということのみを意味してはいないからであります。実際、そこで生産されるだろう領域横断的な知識は、それを共有する過程で、東京大学そのものの伝統的な知識の体系に大きな「変化」を誘発せざるをえないはずです。それはまた、大学と社会との関係にも、無視しがたい「変化」を導入するはずであります。「環境学」という新たな学問体系は、決してそれ自身に自足することなく、たえず外部へと広がりだし、いたるところに有意義な出会いを組織するでしょう。そして、社会の各層を支えているさまざまな人間的な思考の体系そのものにも「変化」をもたらすことになるでしょう。

「環境学」の実践から新たな「革命」へ

その意味で、「環境学」の実践的な体系化は、言葉の真の意味での「革命」につながるものだとわたくしは確信しています。それは、かつて「革命」という言葉にこめられていたのとは異なる新たな意味を創出し、その効果を来るべき世紀の人類にふさわしい「変化」として共有しあうための試みだからであります。AGSとは、そうした「革命」のための「プラットフォーム」にほかなりません。これは、近代においてときに不実な罠として機能してしまった「革命」の概念そのものを変革する、まぎれもない挑戦であります。一八世紀の終わりから二〇世紀の中葉にかけて、フランスやロシア、あるいは中国で起きた大がかりな社会構造の「変化」に、それぞれの歴史的な意義がそなわっていたことは否定できません。しかし、こうした近代的な「革命」の概念は、いかにして社会を「変化」するかをめぐる重要な課題のいくつかを、未解決のまま、負の遺産として二一世紀に贈与しようとしております。

いまなお人間の思考を硬直化させかねない負の遺産は、三つあるように思われます。まず、「変化」を実現するためには、過去を清算してゼロから出発しなければならないという、いわば旧制度の「抹殺」による殺菌効果への過度の期待がそれであります。二つ目は、「変化」を実現するためには、それを阻害する要因をことごとく敵対者とみなし、それを共同体から遠ざけねばならないという、弁証法的な対立にもとづく「排除」の力学への過度の期待でありま す。第三は、実現さるべき「変化」を推進する主体だけは「変化」をまぬがれ、情報や手段を占有しつづけるだろうという、特権集団としての「前衛」への過度の期待であります。近代的な「革命」は、いずれもこうした過度の期待を巧みに組織しながら遂行されてきました。しかし、いま、地球的な規模で環境問題を考えようとするとき、この三つの期待がほとんど意味を失っているのは明らかです。「抹殺」や「排除」や「前衛」の概念は、当面する問題の解決を遅らせ、いたずらに事態を混乱させることになるでしょう。目の前に、打倒すべき仮想敵など存在していないからです。

わたくしたちは、それまでの制度を破壊してゼロから出発するのでなく、あたりに推移しつつある複雑な人間的事象をそっくり受け入れ、それらとともに「変化」を実現しなければなりません。また、「変化」に対して懐疑的で、それへの同調を拒否する人びとをも遠ざけることなく、彼らとともに「変化」を実現しなければならない。さらには、いかなる場合も手段や情報を独占することなく、その広範な共有を前提として「変化」を実現しなければならない。わたくしたち大学人も、みずから率先して「変化」することで、その大がかりな「変化」の実現に貢献しなければなりません。その実現には、近代の「革命」が手段としていたものより遥かに複雑な戦略と、遥かに繊細な方法的な配慮と、遥かに慎重な時間の配分とが必要とされます。

わたくしはここで、ヴェスト学長が昨年の年次総会の折りに、「山々を動かすのは容易でない」という比喩で、AGSの直面している問題を語っておられたことを思いだします。それが「容易でない」のは、どの山を、どんな順序で、いくつ動かせばよいのかさえ、誰も知らないからなのです。実際、「人間地球圏の存続」〈Global Sustainability〉という問題の特殊性は、最も重要な問題を一つ解決することで、そこから他のすべての解決が論理的にもたらされるだろうといった、知識の階層的な秩序を前提とはしていません。また、一つの基礎的な問題を解決すれば、その経験を基盤として、他のすべての解決も可能になるといった、知識の累進的な秩序も前提とはされておりません。ヴェスト学長がいっておられたように、問題そのものが〈Global〉なアプローチの必要性を要請しているのです。複数の視点、複数のコンセプト、複数の方法の、他を排することのない領域横断的な競合が、ぜひとも必要とされているのです。

わたくしたちは、AGSの創設にかかわられたチャールズ・M・ヴェスト博士、古川弘之博士、ヤーコブ・ヌエッシュ博士の三人の先駆者たちが、あえてこうした問題に大学人として取り組もうとされた勇気と知性あふれるイニシアティヴに、改めて深い感動を覚えます。そこに素描されていたのは、文字通り、来るべき世紀にふさわしい社会的な思考と振る舞いの「革命」にほかならなかったからです。それを進んで支えようとされたシュテファン・シュミットハイニー博士を議長とする国際学術顧問の方がたの先見性にも、心からの敬意を覚えずにはいられません。その方がたの英断を心から祝福しながら、わたくしたちは、わたくしたちに何が可能であり、また何が不可能であったかを計測し、そうした現状にふさわしい戦略を理論的かつ実践的に構想しつづけねばなりません。

（二〇〇〇年一月二〇日、ボストン）

8

Sustainability

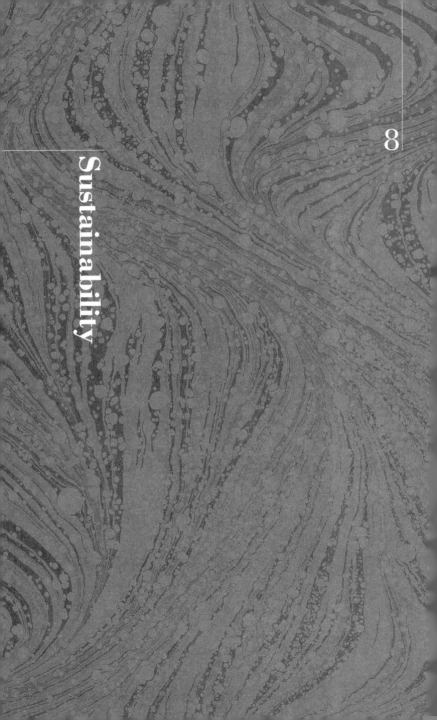

言葉の歴史性

一つの時代の歴史的な意義は、その時代に流通していた新しい語彙の量と質、そしてその配置によってほぼ決定されます。事実、人類は、それぞれの時代に、それまでにはなかった概念や現象を、それにふさわしい単語として社会に流通させてきました。それが文化的なものであれ、科学的なものであれ、あらゆる時代は、歴史が必然化する新たな概念や現象の出現と、それにつれて流通する一連の単語によって定義されるといっても過言ではありません。二〇世紀から二一世紀への移行期にSustainabilityという新しい単語の流通に加担し、その概念の社会への普及につとめようとしているわたくしたちの振る舞いにも、歴史の必然が反映しているということになるでしょう。そのとき、新たな概念とそれを指示する単語とがどのような関係に収まれば、真の歴史的な変化が実現されることになるかをみきわめることが重要になるはずです。

たとえば、一九世紀における「貧困」（poverty）のように、それ以前から存在していた単語にその時代特有の新たな意味が加わることで、人類を社会階級という新たな問題に直面させた場合があります。事実、中世フランス語を起源とする英語の「貧困」という語彙は、それぞれの国語でほぼ同じ概念を指示する単語を持ち、それぞれの国の発展段階に応じて、ときには革命にまで行きつく社会問題となったのであります。その問題が、一九世紀的な思考によって解決されたか否かは、いまは問わずにおきます。皇帝ナポレオン三世までが、青年期に「貧困」を主題とした書物を書いたように、それは、多くの場合、皮相的な理解にとどまるしかなかったからです。とはいえ、この単語は、何らかの意味で、時代にふさわしい問題のありかたを告げていたといえるでしょう。少なくとも、一九世紀の人びとは、「貧困」が人類にとっての新たな問題であるという認識だけは共有していたのです。

二〇世紀の社会では、事態はいささか異なる展開を示すことになります。たとえば「テレビジョン」は、ギリシャ語とラテン語の組み合わせからなる単語ですが、その語源とはおよそ無縁の文化圏においても、語彙として、また現象としても、ごく自然に受け入れられてしまいました。注目すべきは、この新たな情報伝達手段のグローバルな普及が、一九世紀的な「貧困」の概念を人類の思考から一掃することに貢献してしまったという事実であります。現実に地球上から「貧困」が消滅したのではないにもかかわらず、それを問題化したかつての政治的、経済的、社会的な文脈は、「テレビジョン」の受像器が世界各地にあまねく行きわたるにつれて、人びとの思考を刺激するのをやめてしまったからです。

Sustainabilityという言葉の生誕

一九世紀の人類が知りえなかったこの視覚的な媒体の可能性と限界とは、二〇世紀の人類が真剣に考察すべき重要な問題であります。しかし、「テレビジョン」は、その社会的な考察をあらかじめ無効にするかのように、第二の自然として、いちはやく人類と共存してしまいました。装置としての「テレビジョン」のグローバルな普及と、それがもたらす情報の即時的な消費の拡大とともに、人びとはものを考えることをやめてしまったかにみえます。こうした現象を、第二次世界大戦中に合衆国に亡命したフランクフルト学派のアドルノとホルクハイマーは、「啓蒙の自己崩壊」という言葉で批判しております。彼らの先駆的な議論にはいくつもの難点がありますが、大衆化社会における「啓蒙」の機能不全という事態は、今日ではさらに顕著なものとなりつつあります。だが、いまは、それについて論じている場合ではありません。ここでは、Sustainability という新たな単語、あるいは概念が、社会にどのように流通し、それが人類の思考をどのように刺激しているかを、私の個人的な体験をふまえつつ考えてみることにしましょう。

人類は、二〇世紀の終わり近くに、この Sustainability という単語、あるいは概念を新たにつくりあげました。歴史がそれを必要とする段階にさしかかっていたのは、間違いのない事実です。ポスト産業社会と呼ばれる文化圏で流通し始めたこの単語は、二一世紀の人類が直面すべき課題の中でもとりわけ重要なものを、あらかじめ指摘すべく考案されたものであります。周知のごとく、既存の英語の単語にラテン語的な語尾をそえることで形成されたこの新語は、一九八七年の World Commission on Environment Development の報告書に、人類に共通する未来に不可欠な概念として、Sustainable Development という言葉が提起された瞬間に生まれました。その言葉の流通とともに、その実現の緊急性がにわかに意識されたのはいうまでもありません。わたくしたち三大学の国際的なパートナーシップが〈Alliance for Global Sustainability〉として創設されたのも、その緊急性にいちはやく対応する大学人の意図を反映したものであります。わたくしたちは、いま、その創設の意図の正しさを再認識し、それをさらに発展させるために、このローザンヌに結集しております。その場を提供されたスイス連邦工科大学ローザンヌ校の学長とそのスタッフの皆様に、この場をかりて、心からの感謝の気持ちを捧げたいと思います。

Sustainabilityという言葉の理解のずれ

ところで、このAllianceの推進につとめてきた東京大学の責任者として、過去四年近くわたくしをとらえていたある困難さについて言及することをお許しいただきたいと思います。もちろん、わたくしの同僚であるヴェスト学長、キュブラー学長が、それぞれの立場でさまざまな困難に直面し、そのつど勇気と英断を持ってそれを解決してこられたことはよく承知しております。わたくしもまた、彼らにふさわしい努力を傾けて、このAllianceを擁護してきたつもりです。わたくしがここで触れてみたいのは、しかし、そうした種類の困難ではありません。また、昨年の総会でシュミットハイニー博士がいわれた、not really a legal entity in itselfでありながら、過去数年間でsome 10 million dollarsを使ったこのAllianceの組織と運営にかかわる困難がわたくしを悩ませているのでもありません。その問題は、いずれ近いうちに、より現実的な視点から検討されねばならないと思っておりますが、わたくしがここで取り上げたい困難は、それ以前の問題なのです。それはSustainabilityという単語と、それに対応するはずの概念の間のずれと関係したものにほかなりません。

合衆国の大学では、Sustainabilityという単語は、その概念との大きなずれを生じることなく、教育と研究とに取り入れられているかにみえます。それは、この国の多くの大学のウェブ・サイトを見てみれば明らかであります。事実、Teaching for Sustainabilityという言葉はいたるところに姿をみせており、ことによると、この新しい単語は、インターネットでの流通にふさわしい概念なのかと思わせるほどです。しかし、その発信源のほとんどはアメリカに限られており、現在のところ、この単語は英語圏での流通にとどまり、それにふさわしい概念が、Sustainabilityの翻訳として、それぞれの文化圏に定着しているとはいいかねるというのが現状です。日本においても、また近隣のアジア諸国においても、英語のSustainや、Sustainableのごく一般的な意味に通じている人は少なくありません。しかし、Sustainabilityという単語の意味をすぐさま理解する人は、残念ながら、知識人にあってもきわめて稀であります。それは、概念として、問題を形成するにいたってはおりません。だから、Teaching for Sustainabilityという英語の意味を彼らにTeachすることから始めねばならないほどなのです。社会一般の関心度は、さらに低いといわざるをえません。その意味で、これは、いまだ充分にグローバライズされてはいない単語であり、概念でもあるというべきでしょう。Sustainabilityという概念は、ことによると、非英語圏においては、いまなお近未来のSFのようなものにとどまっているのかもしれません。

わたくしたちの〈Alliance for Global Sustainability〉にとっての最大の課題は、まさに、Sustainabilityという単語とそれが意味している概念とが、異なる文化圏によって大きな落差をかたちづくっていることにあります。日本やアジアの近隣諸国においてこのAllianceの意義を強調し、それへの賛同を訴えるべき立場であるわたくしが日々直面していた困難さは、そこにあります。Allianceの発展に必要な社会的な理解をえようとするとき、わたくしはSustainabilityという言葉のかわりに、決まって「環境」という単語を用いざるをえなかったのであります。これは、東京大学が新たな大学院の新領域創成科学研究科Graduate School of Frontiers Sciencesの重要な支柱の一つとして「環境学」Environmental Scienceを設置している以上、当然のことだといわれるかもしれません。しかし、単純に「環境」という言葉を用いてしまうと、わたくしたちのAllianceに対する大きな誤解が介入しかねません。

Sustainability の概念と「環境」の概念

たしかに、「環境」という日本語の単語は、多くの人びとの興味を惹きつけ、たちどころに同じ問題を共有することができます。その意味で、これは一九世紀の「貧困」に似た概念なのかもしれません。しかし、誰もが理解する便利な語彙には、「貧困」がそうであったように、直面している問題の複雑な多様性を単純化しかねぬ危険があります。事実、「環境」という日本語には、「発展を抑制する」という否定的なコノテーションが含まれており、それがある種の抽象的な正義の概念を呼びさましてしまいます。その種の抽象的な正義は、「貧困」を社会的な不正による貧富の差としてとらえ、その原因と見なされたものを排除せんとする姿勢をとりがちであります。それに似た文脈の中で、敵として浮上するのがしばしば「発展」であることは、問題の多様性を単純化することにもつながりかねません。実際、悲観論を装った楽天主義者たちは、好んで口にする「地球の終焉を避けるため」という口実で、いたる所に排除すべき敵を発見してまわります。だが、わたくしたちの Alliance が、「発展を抑制」することで「地球の終焉を避ける」という目的のためだけに創設されたのでないことは、いうまでもありません。わたくしたちのつとめは、Sustainabilityという新たな概念を、たとえば一九世紀の「貧困」のように、単純化によって風化させてはならないということにつきているはずです。それは、問題が複雑であるが故に、その多様性においてとらえられねばならぬ概念だからです。「地球の終焉」をもたらすものは、事態の単純化そのものにほかなりません。

勿論、「環境汚染」の問題にわたくしたちが無関心だというのではありません。二〇世紀の科学技術がある程度これを加速させたことは、否定しがたい事実だからです。しかし、それを避けるために事態を単純化し、「発展を抑制」することだけが目的とされるなら、それは、あえて三大学が知性を傾けて究明すべき事態ではなくなるはずです。わたくしたちがSustainabilityの概念に固執するのは、Sustainable Developmentという当初の問題提起がそうであったように、それが「発展」を否定するものではないばかりか、むしろ「発展」を前提としているからです。脱工業化社会においても、人類は生産をやめることはないし、またやめることなど不可能であります。かつてに比べれば数字としては低くなりましょうが、経済も成長しつづけるでしょう。「環境」にとって負の役割を演じることのない成長をめざし、専門領域を超えた研究者の知識を交錯させながら、「環境」と「発展」とが共存しうるものだという事実への意識を高めること。そうした新たな概念がはらみうる複雑な問題を、「環境」の一語だけで説明することはきわめて困難なのです。

Sustainabilityに相当する概念を「環境」の概念で説明するときに出会うもう一つの困難は、わたくしたちを保守的な利己主義者と見なす一部の知識人の反応です。それは、事態をこれ以上悪化させないために、せめていまある状態を維持しようとするブルジョワジーに特有の防御的姿勢だという非難も、間接的に寄せられました。また、「環境」の問題は、国家なり、地球共同体なりの利害の対立につながり、最終的には挫折するしかない楽天的な試みだという嘲笑に似た批判の対象にされたこともありました。それらの否定的な言辞が全く見当違いというわけではないだけに、わたくしはSustainabilityという言葉がそのまま流通することのない文化圏に暮らしていることの困難を実感するほかはなかったのです。

安心していただきたいのですが、こうしたいくつもの困難に遭遇しながらも、わたくしは、いたずらに悲観論に陥ったりはいたしません。それは、一九世紀における「貧困」という言葉が、あらゆる人に等しく理解されながら、その広範な受容がかえって事態の変革をさまたげていた歴史的な現実を知っているからであります。また、インターネット上ではかなりの頻度で流通しているSustainabilityという英語の単語が、「テレビジョン」を媒体として即時的に大量に消費されるグローバルな情報たりえていないことを、むしろ祝福してさえおります。この言葉が宅配のピザのようにたやすく各自の家庭に送りとどけられるようなことになれば、もはや人びとの思考を刺激することなどありえないからです。おそらく、人類は、ある概念が「問題」として広く共有されたとたんに、その何かについてものを考えることをやめてしまうものなのです。それは、その概念が、もはや新しいものではなくなっているからにほかなりません。それが「啓蒙の自己崩壊」と同時的に成立した大衆化社会の不幸にほかなりません。だとするなら、わたくしたちの Alliance は、Sustainability という概念をたえず新しいものにとどめておくことを任務としていることになります。その多様な意味を単純化せず、どこまでも複雑なものとしてうけいれること。わたくしが遭遇したさまざまな困難は、その任務を全うするための試練だったのかもしれません。

最後に、この年次総会が、東京大学の総長としてわたくしが参加する最後のものであることを皆様にご披露いたします。東京大学は、昨年の一二月に、二一世紀にふさわしい新たな総長として、佐々木毅教授を選出したからであります。佐々木教授はすでに法学部長を経験され、来る四月一日からわたくしたちの大学の第二七代目の総長に就任されます。彼は、明一五日にはこの地に到着し、皆様方にご挨拶する機会もあろうかと思います。政治学者としての佐々木教授が、東京大学の新たな coordinator の浅尾博士とともに、この Alliance の活動に新鮮なスタンスで取り組み、その発展に大きく貢献するであろうことをわたくしは疑いません。四年間にわたる皆様との交友は、わたくしにとってこの上ない貴重な財産となるでしょう。そのことを心から感謝しつつ、わたくしのスピーチを終わらせていただきます。

（二〇〇一年一月一四日、ローザンヌ）

9

「AGS」をめぐる五つの漠たる断片的な追憶

ことのほか見晴らしの良いブリティッシュ・コロンビア大学のオフィスで、こまやかな心遣いでもてなしてくれたマーサ・パイパー学長に別れとお礼の言葉を述べ、これで「環太平洋大学連合」ともお別れだ——翌年は別の学長が出席するだろうと挨拶しておいた——とほっとした思いでホテルに戻り、その足で決して軽くはないスーツケースを抱えてバンクーバー空港へとかけつけた。かけつけたというからには、これからのんびりと東京に戻るのではなく、いまひとつの出張先へと急遽移動せねばならなかったのである。ところが、煩雑な手続きをおえて搭乗したブリティッシュ・エアーウェイズの機中で一等客であるわたくしを待っていたのは、これまで食べた料理の中でもっとも不味いものだったので、それを「夕食」として摂取し続けることを個人の味覚的な自尊心が断乎として許さなかった。とりわけ美食家だと思っているわけではなかったが、とても食べきることのできないいくつもの料理を堂々とディナーと称して提供することに恥じる風情もみせないイギリスという国の航空会社への心底からの不信感がにわかに強まっていく。しかも、時差呆けを解消するいとまもないまま、北米大陸の西岸からヨーロッパへと向かわねばならないという職業的な義務感にもいい加減うんざりして、もうこんなこととはきっぱり縁を切ってやるぞと自分に言い聞かせながら、いくつもの皿に手も着けぬまま、浅い眠りについたのだった。

その「こんなこと」が何であるかはあえていわずにおくが、そのとき、より正確にいうなら二〇〇〇年の六月二五日の晩、いまから二〇年以上前のわたくしは、カナダ西海岸の眺望も申し分ない小都市で休む暇もないまま、こんどはAGSの厄介な臨時理事会に出席すべく、ロンドンのヒースロー経由で、スイスのチューリッヒを目ざしていたのである。今度ばかりはという日程の過密さへの心づかいからだろうか、この路線だけは秘書がわざわざ一等席を予約しておいてくれていたのだ。ところが、ヒースローでの乗り継ぎの折りに、この世で最も会いたくないイギリスの知人からふと声をかけられてしまった。その瞬間、この旅は呪われているぞとつぶやかざるをえなかった。

実際、その年の五月から六月にかけては、自分ひとつのからだではとてもこなしきれないほど、日程が立てこんでいた。学内的には翌年度向けの予算のきわめて微妙な編成作業があったし、学外的には、例の国立大学の「法人化」問題で、国立大学協会は揺れに揺れていた。いまだからいえることだが、文部省が構想しているものより遥かに高度で洗練された「法人化」案を、名古屋大学学長の松尾稔教授――この敬愛すべき友人であり同僚でもあった方のお名前に、あえて「故」という文字をそえることだけは慎みたい――にひそかにお願いし、人選をお任せした極秘の委員会によって、ながらく周到な準備をかさねていたのだが、その結果を会長の案として国大協の総会で通す自信などまったくなかった。だから、六月一五日の総会当日には辞表を胸にして望んだのだが、幸か不幸か、それをつきつける――だが、いったい誰に？――機会は訪れることなく事態は終息した。しかも、その直前の六月六日から九日の夜までは、「東アジア研究型大学協会」の理事会のため、首都ソウル経由で名高い工科大学の存在する浦項に逗留しており、そんな多忙さもあって、予定されていた小柴昌俊名誉教授のウルフ賞授賞式にイスラエルのイエルサレムまで同行させて頂くという予定は、残念ながら断念せねばならなかったのである。

手元に残されている「AGS BDM at ETH 2000」と分類されたファイルによると、わたくしは六月二六日の夕刻、より正確には18：00にチューリッヒ空港にスイス航空機で到着し、17：30に東京からすでに到着しておられた小宮山工学部長と落ちあってホテルに向かうという手筈が整っていたはずである。だが、後に総長になられる小宮山教授と空港でお目にかかったという記憶はまったく意識から消えさっている。また、用意されていたホテルは、おそらくETHの厚意によるものだろうが、チューリッヒでもっとも由緒正しいzum Storchenというリマート河に面した超高級ホテルだったのだが、旧帝国ホテルをひたすら通俗化したかのようなその無意味に平べったくて妙に翳りを欠いた建築様式がどうも好みに合わず、できれば泊まりたくないホテルのひとつだった。その翌日の昼は、チューリッヒ市中の気のきいたレストランで「映画作家ダニエル・シュミット氏と会食」とファイルの旅程表には書かれているが、極度の疲労の故か、その親しい友人とのランチの光景などまったくもって記憶には甦ってこない。

ところで、チューリッヒのETH、すなわち「スイス連邦工科大学」を訪れることのとりわけ大きな悦びのひとつは、文学にも充分すぎるほど深い教養をお持ちのヤコブ・ヌエッシュ学長とお目にかかれることだった。その教養のほどは、一九九九年の東京での「AGS」総会の冒頭のスピーチで、決して容易とはいえないフランスの批評家＝文学理論家のロラン・バルトのごく短いテクストを涼しい顔で引用され、その英語訳をパワーポイントで多くの観衆の前に提示しておられることからも明らかだった。誰もがその意味を理解しえたとはとても思えないその引用をあえて提示されたことに深く感動したと申し上げると、少なくとも大学の学長たるものなら、かりに理工系であろうと、バルトぐらいは読んでいて当然だろうと高らかに笑っておられた。問題の二〇〇〇年の六月には、ヌエッシュ博士はすでに学長の職を辞しておられ、いかにも真面目で実直そうなオラフ・キュブラー博士がその後任者だった。ところがこのヌエッシュ前学長という方は、一見したところいかにも高潔そうな人格者を思わせておられながら、他方ではかなり思いきった突飛な行動にも出て、まわりの人びとを面食らわせるのが得意でもあったと人づてに聞いていた。

実際、ある日、ヌエッシュ氏は、学長室からいきなり姿を消してしまう。事務方の全員が八方手を尽くし、想像できるかぎりの場所をあれこれ探ってみたが、一向にみつからない。すると、日も暮れてから、どこからともなく姿をみせたヌエッシュ学長は、その煩雑な行政的な職務にすっかり嫌気がさし、黙って姿をくらましたあげく、繁華街——東京のそれにくらべれば遥かに地味なものだが——の映画館で、午後いっぱい映画を見ておられたというのである。ヌエッシュ学長のそんな豪傑ぶりを総長在任中に一度ぐらいは模倣しようと思ってはみたものの、根が小心者のわたくしにはとても無理な話だった。

二〇一五年に惜しまれつつも他界されたヌエッシュさん——と、ここでいきなり親しげに語りかけることで弔意を表したいと思うのだが——は、ロマンシュ語というスイス第四の公式語を話す山岳地帯の少数民族のご出身である。この言語を話すのはいまでは三万人ほどといわれているが、宗教戦争のおりにフランスから逃れてきたプロテスタント系の人びとの子孫が中核になって暮らしているという、アルプスの麓のちっぽけな地方だけで使われている方言なのである。その方言を公式言語としてしまうあたりが、日本語では「連邦」と訳される Swiss Confederation を自称している国にはいかにもふさわしいことだといえようが、友人の映画監督のダニエル・シュミットもたまたまその特別な地域の出身者だったので、彼の映画の興味深さをお話ししたところ、あなたはシュミットという特殊な映画作家にくわえて、ロマンシュ語の存在まで知っておられるのかと大層悦ばれた。そこで、わたくしも寄稿しているフランス語版のダニエル・シュミットをめぐる豪華な書物を後日お送りしたところ、心のこもったご返事を頂戴したことをいまも鮮明に記憶している。この方に対して、わたくしは、「学長」という地位とはほとんど無縁の、途方もなく魅力的な存在として、心からの敬意をいまもいだき続けている。

ところで、問題の「AGS BDM at ETH 2000」だが、それは、このスイス連邦工科大学とマサチューセッツ工科大学と東京大学による Alliance for Global Sustainability の探求のための三大学連合を財政的に支援していたスイスの財団の理事長シュミットハイニー氏が、これという好ましい研究成果がもたらされたとはいいがたい現状に危機感をいだいたからだろうか、支援に対する新たな条件を提示されたので、それを容認するか否かが、その臨時理事会の厄介といえば厄介きわまりない主題だった。東京大学としては、小宮山工学部長や松尾友矩教授らとの討論を通じて、その支援案をほぼ容認すると非公式に同氏には伝えてはおいたのだが、ＥＴＨとＭＩＴの二校は、あらかじめ明瞭な態度は示しておらず、議論はうんざりするほどの長時間にわたって平行線をたどり、一向に結論には達しない。そこで、そのことに苛立ったわたくしは、いきなり立ちあがり、ここでわれわれが肯定的な態度をとらないかぎり、翌年の一月に予定されているローザンヌ工科大学での「ＡＧＳ」総会は中止に追いこまれるしかないが、それで良いのかと思わず大声で口にしてしまった。しばしの沈黙ののち、両校の学長もどうやら賛同に回り、かくしてこの三大学連合は存続することになったのである。同席しておられた小宮山学部長との阿吽の呼吸で東京大学の姿勢を断乎として主張した結果、いわば一校の意見が二校のそれを押しきるかたちになってしまったのである。

それは、ことによると、バンクーバーから引きずっていた極度の疲労からくる蛮勇だったのかもしれない。だが、その表明が真の意味で正しい選択であったかどうか、いまでも自分ではよくわからない。だが、みずからの総長在任中に「AGS」を頓挫させることだけは避けたいという行政論的なエゴイズムが、どこかで頭をもたげていたのは確かである。それとも、ブリティッシュ・エアーウェイズがロンドンを目ざしつつある機中で提供した世界でもっとも美味さからは遠い惨めな夕食への憤りが、ふとチューリッヒに着いてからあふれ出し、わたくしにそんな僭越な態度をとらせたのだろうか。

MITのチャールズ・ヴェスト学長は、前日ではなく、その「AGS BDM at ETH 2000」が開催される当日の朝にボストンからチューリッヒに着かれたのだから、ことによると、わたくしなどよりも遥かに疲労しておられたはずだった。にもかかわらず、理事会が終わってみんなが別れて行こうとしていたとき、あなたはお疲れ気味とお見うけするが、おからだは大丈夫かと声をかけて下さった。その心遣いには、かりに錯覚にせよ、一挙に疲れが消し飛ぶほどの力がこめられていたように思う。ほんの三〇数時間前までバンクーバーに滞在しており、そこで南カリフォルニア大学のスティーヴン・サンプル学長と、ジャズをめぐる熱い意見を交換しあっていたと述べたところ、あいつはなかなかいい奴だと微笑んでおられた。その微笑みの意味はやがて明らかになるのだが、この合衆国の西海岸に位置する有名校――その時期、『スターウォーズ』シリーズで名高いジョージ・ルーカス監督が理事のひとりを務めていたので、ふとその名前を口にすると、得意げな微笑が返ってきた――のサンプル学長という方は、ジャズのドラマーとなることが若き日の夢だったが、さまざまな理由でそれがついえさってしまったので、いまは「こんな仕事」をしていると苦笑しておられたことが記憶によみがえってくる。

ところで、MIT、すなわちマサチューセッツ工科大学のヴェスト学長と親しく言葉を交わすようになったのは、一九九九年の東京でのAGSの総会でのことだ。学長の開会のスピーチに一つの固有名詞がまぎれこんでいたが、それがどうもうまく聞きとれず、文意が把握しがたかったので、英語が得意なはずの東大のスタッフに訊ねてみたところ、誰からもまともな答えは返ってこない。なかには、そんな固有名詞を本当に口にされたかのと問いかけてきたりする人もいたほどだった。そこで、アメリカからの参加者の数人に聞いたところ、これまた皆目要領を得ない。そこで勇気を出してヴェスト学長自身に伺ったところ、自分が引用した文章を書いたのはイギリスの経済学者ジョン・メイナード・ケインズ男爵だと教えて下さってから、南部訛りの発音でお聞き苦しかったかもしれないが、どうか許されたいと詫びの言葉まで述べられる始末だった。実際、ヴェスト学長はウエスト・ヴァージニア州のお生まれだったのだが、ここではそのことの指摘よりも、この種の会合での学長のスピーチなど、英語に堪能であろうがあるまいが、本気で聞いているものなど誰もいないのだと理解できたことの方が、遥かに重要だったのかもしれない。実際、まともに聞いてくれたのは、ことによるとあなただけだったのかもしれぬと、ヴェスト学長も苦笑しておられた。

その後の懇親会の席ではなかったかと思うが、AGSの発足にかかわられたヌエッシュ、ヴェスト、吉川——アルファベット順——三学長の功績をたたえて、ジョン・フォードの西部劇『三人の名付け親』にちなんで、そのお三方をAGSの「三人の名付け親」と呼んだことがある。すると、続いて挨拶に立たれたヴェスト学長が、開口一番、しかしわたくしはジョン・ウェインではないと宣言され、聴衆をなごませて下さったことも忘れがたい記憶として、いまも脳裏にとどまっている。

わたくし自身よりも五歳ほどお若かったにもかかわらず、二〇一三年に若くして他界されたヴェスト学長には、もっぱら恩義しか感じていない。端整なお顔立ちで親しみやすそうな方なのに、この人物を怒らせたら始末に終えぬぞといった無言の威圧感のようなものをそれとなくあたりに漂わせておられた。そんな方に、恐れ多くも、ことによったら激怒すらさせかねないあるお願いをしたことがある。チューリッヒでの短い邂逅に先だつ十カ月ほど前のことだった。東大の理工系の方々には優れた人材が多くおられるはずなのに、その国際的な発進力がどうも十分ではないと思っていたわたくしは、東大が主催した研究発表会のようなものを海外で行ってみてはどうかとたえず考えていた。この提案は総長室の周辺ではすぐさま了承されたが、その第一回目の土地をどこにすべきかは曖昧なままだった。わたくしの専攻を知っておられる方々からは、パリはどうかといった反応も返ってきたが、理工系の研究ならやはり合衆国でやりたい。そこで、おそるおそるヴェスト学長にその可能性を打診してみると、驚くべきことに、それは非常に優れた発想できわめて興味深いこととなろうから、MITのキャンパスをいくらでも提供するのでぜひとも実現してほしいという答えがすぐさま返ってきたのである。これが、ヴェスト博士に対して負っている恩義そのIである。

さっそくお礼状をしたためたのだが、どのような名称で、それをいかなるかたちで実践するかという問題が持ちあがった。そこで、たまたま世紀の変わり目にかかっていたので、UT Forum 2000という呼称を提案すると、すぐさま了承された。では、誰がどんなスピーチをすればよいか。スーパーカミオカンデの研究結果で国際的にその名を轟かせておられた小柴昌俊名誉教授の存在は絶対だと思われたし、建築家の安藤忠雄教授にも、その世界的な人気からしてぜひとも話していただきたかった。また、当時は日本学術振興会の会長を務めておられた前東大総長の吉川弘之先生の、真剣な問題をいかにも軽妙なお話しぶりで聴衆を魅了させてやまないその名高いスピーチも、外国人の聴衆にぜひとも聞かせてみたかった。あとは専門のスタッフに登壇者の選任をお任せしたが、唯一の条件として、女性研究者のスピーチだけは絶対にはずしてほしくないと申し出ておいた。その結果、教養学部のかつての同僚だった黒田玲子教授（分子認識）がスピーカーに選ばれたのは、望外の幸せだった。

かくして、二〇〇〇年の一月二四日の午後、マサチューセッツ工科大学のウォン講堂で、UT Forum 2000 の第一回がとり行われることになったのである。三百人は入ると思われたその会場が次第に満員となり、安藤忠雄教授のスピーチとなる頃には立錐の余地もなく、立ち見が出るほど多くの聴衆がつめかけた。高田康成教授のキングス・イングリッシュによる司会も冴えわたっていた。冒頭のスピーチを終えて傍聴席でぐったりとしていたわたくしは、ついさっきまで車椅子で移動しておられた小柴名誉教授が壇上にすっくと立たれてその前面にまで足を進められ、ほとんど仁王立ちの形相で Young Men と若い聴衆に呼びかけながら、スーパーカミオカンデにおけるニュートリノ天文学の可能性をわかりやすく説明されたときには心から感動し、このイヴェントの成功を確信した。小柴名誉教授がノーベル賞を受賞されるちょうど一年ほど前のことである。

だが、ここで触れておきたいのは、UT Forum 2000 の成功云々ではない。その開催を可能たらしめて下さったのは、まず、冒頭の開会式で、ご多忙をおして懇切なスピーチをして下さったチャールズ・ヴェスト学長――そのころはチャックとシゲと呼びあう仲になっていたが――の、簡潔にしてこまやかな心遣いに支えられて、このイヴェントが開催できたという事実そのものなのだ。しかも、その前夜には、親しく学長室に招いて下さり、一時間の余も、あれこれお話しができたことが、忘れがたい時間としていまも鮮明に記憶に刻まれている。メディア・ラボにおける映像の実験的な試みなどについて、熱心に説明してくださったのである。やがて学長室を辞そうとすると、自分も別の建物に移動するからといわれたので、しばらく芝生の校庭を二人並んで歩んでいたときのことが、鮮明に記憶に刻まれている。それまで抽象的な名前でしかなかったMITという研究＝教育機関が、たしかな視覚的な光景としてわたくしの中に生き始めていたからである。

だが、チャックに対する恩義は、それにつきるものではなかった。これから恩義そのIIについて語ろうとしているのだが、チューリッヒでお目にかかった二〇〇〇年の暮れ、思いもかけぬことに、ヴェスト学長とサンプル学長との連名の書簡を受けとったのである。来年二〇〇一年の四月の二二日と二三日に、AAUすなわち「アメリカ大学連合」の創立百年を記念して大々的な国際的なシンポジウムをワシントンDCで行うので、ぜひともあなたをスピーカーとして招待したいというのがその内容だった。その時期は、すでに新な総長が決まっているから、その方が出席するのが望ましいとすぐさま返信したところ、何をいっておるのか、俺たちはお前さんの話が聞きたいのだと訳すのがふさわしいほど親密な内容の書簡がすぐさまチャックから届いた。わたくしのフレンチアクセントのまずい英語でよければ、とすぐさまお答えしたのはいうまでもない。

AAUはAGSと直接のかかわりを持っていないので、ここではその折りのワシントン滞在について触れることはさし控えておく。ただ、わたくしの発言が含まれていたセッションを司会して下さったのがチャックその人だったことだけは書きそえておく。シンポジウムが終わったとき、わたくしたちは、それが最後のものとなるとも知らず、笑顔とともに再会を誓い合った。この場を借りて、チャールズ・ヴェスト学長に心からの追悼の意を表させていただく。

総長として参加できたのは二〇〇一年のローザンヌでの総会が最後で、これには多くの学生や一部の柏市民を連れて行くことができて強く印象に残っているが、もはや紙面も尽きかけているので、詳しく触れている余裕はない。ただ、わたくしよりも一歳年上のETHローザンヌ校の学長ジャン＝クロード・バドゥー教授は、いまでは学長職からは引退しておられるが、さまざまな機関の責任者を務め、まだまだすこぶるお元気であることだけは記しておきたい。ついせんだっても、恒例のクリスマスと新年を祝うメールがとどいたばかりだった。この方と初めてお会いしたのは、まだ副学長時代に、吉川総長のお伴をして、チューリッヒでのAGSの総会に参加したときのことである。その期間中のある日、チューリッヒとローザンヌを列車で往復し、ローザンヌ校の校舎を訪問したことがあるが、まだ事情には通じてはおらず、しかも列車旅行ですっかり疲労していたわたくしは、スイス連邦工科大学がローザンヌにも校舎を持ち、それぞれがほぼ独立した体制をとって運営されていることなど、知るよしもなかった。

ところが、フランス語が達者な男が東大にもいると知り、わたくしを学長室に招かれたバドゥー学長は、こう見えても、自分は名高い映画作家ジャン＝リュック・ゴダールと同じギムナジウムで勉強した身であるぞといきなり告白された。わたくしの身辺を多少は調査しておられたようだが、その言葉には心底から吃驚した。あのゴダールと中等教育をともにした人物が、いま目の前に存在していることが、にわかには信じがたかったからである。それ以来、バドゥー学長とは、とりわけ親しい仲となった。所用で東京に来られることがあると夜の繁華街をつれまわしたりしたし、わたくしがスイスを訪れる機会があれば、決まって豪華な夕食をご馳走して下さる。つい数年前にも東京に来られたのだが、その折りには、お忙しい日程をさいて、お昼ご飯をご一緒することができた。

さるホテルの京都料理にみごとな箸使いで舌鼓を打たれながら、わたくしたちはあれこれお話しをしたのだが、先日ちょっと時間が空いたので新宿御苑を訪れてみたところ、その美しさに興味を持ったといわれたので、これにはいささか驚かされた。ローザンヌの周辺にも豊かな自然が横溢しているではないかというと、そう、あれは自然というものだ。しかし、新宿御苑は作られた庭である。しかも、京都にあるような伝統的な庭園と異なり、近代の文化があたりの樹木とほどよく調和している。そんな配慮から設計された庭園など、スイスには存在していない。それがすこぶる興味深かったといわれるので、御苑についてまったく無知だった自分を恥じるしかなかった。

すると、ふとしたこちらの沈黙を救おうとするかのように、バドゥーさんは、かかえておられた鞄からいきなり大きな一枚の写真を取りだし、それをわたくしに示された。それは、数えきれないほどの男女がひしめき合うようにして撮られた家族の集合写真だった。思わず人数を数えてみると、ひ孫さんをも含めて、計二七人もの大家族がそこには映っていた。ふと、あなたの場合はどうかと訊かれたので、計三人、それがすべてだと答えると、ではわたくしはあなたの九倍もの家族を持っているのかと口にされたので、わたくしたちは、あたりの客たちを憚りもせず、大声で笑いあった。Global Sustainability に貢献しているのは、はたしてどちらの家族だろうか。その疑問に対して、それだけは誰にもわからないというのが、その日のわたくしたちが到達した結論らしからぬ結論だった。

ＡＧＳの活動の将来像が、「それだけは誰にもわからない」という結論にだけはおさまることがないように、心から祈るしかあるまい。とはいえ、ここまで書いてきたことの大半は、何しろ二〇年ほども前のできごとの漠たる断片的な記憶によるものなので、それが事態を正確無比に記述したものであるかどうか、「それだけは誰にもわからない」。

10

学部の壁を壊しなさい

すべてを問い直せる知性へ、リベラルアーツの本質

——本日はよろしくお願いします。本号のテーマは「恋する芸術と科学」と題しまして、その根幹には知識創造における「全体性」への憧憬を込めて、お伺いしました。われわれは経済、文化、金融、芸術、経営、自然科学、エンジニアリングなど、過度の分化あるいは専門性が育つことによって、各領域が部分最適だけを追い求めた結果、全体的な創造性の凄みであったり、動物的嗅覚のようなものが社会から削ぎ落とされているのではないかと考えています。僕らのキーワードの中では「リベラルアーツ」という言葉も出ていますが、蓮實重彦総長時代の東大がどう見ても強くなった、何か全体性の凄みを一時期的にでも帯びたのではないかとも考えているのです。

蓮實　リベラルアーツといえば、この雑誌のテーマ“Where ART and SCIENCE FALL in LOVE”

は素晴らしいと思うのですが、ARTS と SCIENCES と複数形になってないのがちょっと惜しい。ハーヴァードを初めとするアメリカ合衆国の有名大学には決まって Faculty of Arts and Sciences という組織があって、そこでリベラルアーツを学ぶことで大学生活を始めることになっているからです。

リベラルアーツとはいわゆる自由七科というもので、西欧の伝統的な意味では、文法、修辞学、そして論理学（雄弁術）です。それから、幾何、算術、音楽、天文学があり、これら七つの学問だけが大学教育の基礎と考えられていたのです。ところが、現在の大学では、人文科学、科学、この場合は、物理、化学、生物学、そして医学を含み、最後に社会科学ときますから、大学本来のリベラルアーツでは、たとえば原子炉のことは扱わない。なぜ原子炉を大学で扱うようになったかといえば、日本では大学に「工学部」という組織を明治の中期につくってしまったからにほかなりません。それは世界的に見てきわめて異例なことです。なぜマサチューセッツ工科大学が厳密には大学 University ではなくインスティテュート Institute と呼ばれるかといえば、本来、工学 Technology は大学で学ぶべきものとは見なされていなかったからです。工学は、アートでもサイエンスでもなかったのです。

こういうことを考える場合に、身近な例から入っていくべきでしょうから、たとえば「科学技術」という言葉をとって説明しましょう。この単語は権威ある辞書には載ってはおらず、したがって空疎な概念でしかありません。英語で何と言うかといえば、「サイエンス・アンド・テクノロジー」と「アンド」が入る。つまり「科学」と「技術」とは明らかに別のものなんです。ところが日本語で「科学技術」と言うと、何か一つのもののように聞こえるでしょう。でも、科学と技術は違うのです。震災以降に起こったこと、とりわけ原子力発電所の事故をめぐる議論の最大の問題点は、多くの人がそれを科学技術の問題だと勘違いしたことにあります。しかし、あれは科学の問題ではない。まさに技術＝テクノロジー、つまり工学の問題でした。工学というのは見切り発車することがごく普通の領域なのです。

科学というものは、何が正しいかという真理を検証するまで続きます。ところが工学は、科学に多くを負っていながらも、時代の流れにより敏感で、ある意味では社会の要請に左右されますから、どこかで見切り発車しなければならない。我々が使っている家電が一〇年たつと古めかしく思えるのは、一〇年後のことなど考えないで見切り発車して作られているからです。

原子力発電所の事故にしても、あれは科学の問題ではありません。あくまで見切り発車してしまった工学的な思考、つまり技術＝テクノロジーが、見切り発車したことの当然の報いを受けているのです。中沢新一さんは、あれを科学の問題と考えておられるようですが、そうではなく、あれは、リベラルアーツからは排除されていた工学、すなわち技術＝テクノロジーの問題としてとらえるべきだと思います。もちろん、核分裂という現象そのものの研究は理学部系の核物理学の問題で、これはまぎれもない科学です。しかし、それを原子力発電として応用するのは工学部系の原子力工学の問題で、それ自体としては科学ではない。理学部系の核や素粒子を扱う物理学の分野で日本は高度な研究成果をあげて国際的に高く評価されていますが、原子力工学の部門の研究水準がどれほどのものか、その分野では素人の私の耳には入ってきておりません。

では、大学からは排除されていた技術＝テクノロジーがいつごろからどのように社会に受けいれられるようになったのか。これはナポレオンからだと思っています。フランス大革命直後にできた工業学校を、皇帝のナポレオン一世が軍隊に直属するエコール・ポリテクニック Ecole polytechnique として大規模に組織しなおしました。これはいまでも世界的に名高い工学系の高等専門学校として存在していますが、ほぼそれと同時に、それまでの大学にはなかった土木や農学や教育の専門家を養成する教育機関が整備されてゆき、そこでは大学とは異なるより公共的な専門知がかたちづくられる。ＭＩＴが大学 University と呼ばれないのはそうした歴史をふまえてのことです。ところが、明治時代の国立大学に工学部や農学部を設置した日本では、その違いが消えてしまった。そのため、工学にたいする諸科学の抑圧がきかなくなってしまった。リベラルアーツにも入っていなかった工学という学問領域はたかだか二百年の歴史しか持ってはおらず、ギリシャ以来の歴史からすれば生まれたてのごく幼いものでしかない。あるいは、人類は技術＝テクノロジーをいまだ統御しきれていないと言ってもよい。だから、理学系の科学をはじめ、人文科学、社会科学、等々とたえず切磋琢磨していないと暴走しかねぬものなのです。ＭＩＴやCaltec（カリフォルニア工科大学）などが、人文科学、社会科学系の優れた研究者を多くかかえているのは、そのためです。優れた工学者はそのことに充分意識的です。ところが、日本では、これは後進国ならではの一種の先見性と言ってもよいかとも思いますが、まったく歴史のない生まれたての工学を学部として大学の中に作ってしまった。いま、日本が抱えている問題のほとんどは、大学に工学部を設置してしまったことの意味を問わずにここまで来てしまったことのツケだと思います。

工学部系の思考は、土木からコンピューターエンジニアリングにいたるまで、そのほとんどがいわば見切り発車でやってきたものです。見切り発車にはそれなりの良さがあり、公共的なインフラの整備などには不可欠です。真理にふさわしく事態が完璧に機能するまでは動かないという科学的な精神は、工学系の行動の指針とはなりがたいのです。だから、投資に見合った成果が期待できるなら、この程度でよかろうという合意の成立が行動の指針となるのはある意味で当然なのです。例えば、建築の耐震設計の基準などもそうだった。一九八〇年ぐらいまでの耐震設計といまとでは全然違うというような見切り発車の歴史なわけで、この見切り発車は、工学系な知性からすると当然なのです。東電の人たちに、悪いことをしたという意識があまり感じられないのは、「でも、工学の世界では、どこでもこういうものだったはずだ」と思っているからかもしれません。

――農業も工業もプラクティカルなもので、見切り発車してもすぐ見返りが来るもの。最近のアカデミズムを見ても、どちらかというとプラクティカルな側面に光が当たりやすいと感じます。大学ベンチャーにしても投資回収の安定を前提にしていますし、文部科学省によるCOEの選択基準も研究成果における回収サイクルも早く設定している。リベラルアーツというのは日本の大学生では「パンキョー」と呼ばれてますね。一般教養の略ですが、ある種の「すぐには役に立たない卑下した面倒くささ」がその呼称には込められているような。

蓮實 そこに大きな問題がある。大学に足を踏みいれた二十歳以前の若者の教育は、大学の総力を挙げて取り組まねばなりません。そのためには、学部なんて要らないわけです。ハーヴァードにいくつ学部があると思いますか。大きな学部としてはFaculty of Arts and Sciencesがあるだけです。日本語に訳せば教養学部となりますが、そこでは、リベラルアーツ教育が行われています。大学院に進学する以前に、自分は何学部の学生だなどと思ったら、その人の人生はそこで終わってしまいます。本来の大学教育には学部など必要ではないはずなのに、たまたま日本の大学にはそれがあるから、学部にふさわしく自分を作りあげてしまう。たとえばハーヴァードのマイケル・サンデル氏の授業などはまさしくArts and Sciencesにふさわしいもので、法学部の授業としたらずいぶんと杜撰なものです。彼の専門は政治哲学で、別に法学部の教授ではない。あれは、昔の言葉で言えば一般教養にふさわしいもので、そうした授業が複数あれば、大学の学部学生にはそれで充分だと思います。

――めいっぱい自由な地平で、考え方を考える教育。

蓮實　だから、四年生まではもう学部なんて要らないのです。ところが、学校教育法の第九条、第八十五条には「大学には、学部を置くことを常例とする」と書かれている。私はそれを「常例」とすべきではないと思っていますが、真に学部学生にふさわしい授業を行おうとすると法律を変えなければいけない。それは何とも厄介なことです。

——東大法学部に入っても最近の典型的なパターンとしては官僚のための予備校に行ったり、広告業界に入りたい人は広告予備校に行き、うわべのコピー文法みたいなものを学ぶ。結局人生の酸いも甘いも内臓にしみ込ませないままで、就職活動を大学前半から始める人もいる状況です。東大がそうなったらおもしろいですね。九月入学なんかより全然おもしろいです。

蓮實 でも、実際には、リベラルアーツの授業を日本の大学教授はあまりやりたがらない。

——なぜですか。

蓮實 それは、ほとんどの人が、研究の方が教育より高度なことだと理由もなく信じているからです。自分を教育の専門家だとは思わず、研究の専門家だと思う方が安心できるからかもしれません。自分は法学部の教授である、経済学部の教授である、文学部の教授であると思った方が、社会的にも安心できるからかもしれません。けれども、物理をやっている人が急に文学をやりたくなることだってあるわけでしょう。工学部に行った学生が、映画の仕事を一生かかってやりたいと思う場合もあるでしょう。むしろ、既成の学問領域を横断したり、越境したりする方がおもしろい知性を生むことがある。実際、私の知人であるアントワーヌ・コンパニオン教授は、世界的なフランス文学の権威ですが、彼は文学部出身ではなく、工学系のエコール・ポリテクニックの出身です。これまた知人ですが、アメリカの映画作家フレデリック・ワイズマンはイエール大学のロースクール出身の弁護士で、しかもハーヴァードで教鞭をとった経歴さえ持っている。ところがいまでは世界的なドキュメンタリー作家として活躍している。いま必要とされているのは、そうした領域横断的な知性だと思います。ところが、現状では、自分には専門的な研究領域があると思い込んで自分の後継者になりそうな人に閉じた話ばかりをして満足することになりがちです。自分のためになるかどうかわからないけれど、何かおもしろそうなことを言うやつがいるぞというような謎めいた教授の授業の方が、本当はおもしろいと思うんですけれどね。全部が全部、自分の後継者になる人たちだけに向けて話している授業は、やはりつまらないし、知性の伸びやかさに欠ける。まさにサンデル氏は、自分の後継者のことなど考えずに適当なことを言っているから一応はおもしろいわけです。

後継者をつくるということが、大学のみならず、多分さまざまな企業でも問題になっていると思うんですが、大体「こいつを後継者」と思って、そのために育てようとすると、ろくなことにならない。どこかで何か違う要素がぽんと入ってこないとおもしろくないでしょう。だからぼくは学部を壊したかったんです。なんでもありの時代だから好きなことをやれと。

――多分いまの一八歳に、好きなことをやればいいじゃないかと言ったら、もしかしたら一番困る言葉かもしれないですね。それだけは言ってくれるなっていう。だから、多分学部とかがあるんだろうし、リベラルアーツという「でかい海」に放り込まれるよりも「足のつくプール」にいたいと思っているのではないでしょうか。

蓮實　そういう若者には、「一八歳で自分の選んだ学部を信じきって、それにしがみつくようなやつは大学に来るな」と言えばいいと思う。それなら単科大学なり専門学校なりに行けばよいのだから、どうかお引き取り願うと。それは反発を買うかもしれませんが、その反発にも、ある種の教育的な効果があるんじゃないでしょうか。たとえば、医学・生理学の部門での日本でただ一人のノーベル賞受賞者の利根川進博士は医学部出身ではありません。理学部の生化学科の出身で、日本にいたのでは駄目だと思ってアメリカとヨーロッパを渡り歩かれた。自分の学部など信じておられなかったのです。

自分たちがいま生きているのは、これまでにこれこれのことがあったからだという理屈を、各人がそれぞれ神話としてつくり上げたがるものです。学部というのは、そうした神話の一つかもしれません。それはそれで結構ですが、ある意味での世界を変えようとする人、あるいは自分自身を変えようとする人は、「本当にそうなのか?」と、何事に関してもたえず口にしなければいけない。オヤと思う瞬間に出会わねばならないはずです。

「本当にそうなのか?」という問いは、太古以来変わらないものなのかどうか。「本当にそうなのか?」ということを真に問うことができるのは、人間の普遍的な力だと思います。たとえば、フランス革命なり明治維新なりは、こんにちの社会の基盤を作ったと思われています。しかし、そういう系譜から来ている社会の固定観念に対して、「本当にそうなのか?」と問うことが許される社会でなければいけない。「本当にそうなのか?」と問える人が何人いるか、その人たちをどのようにつくっていくかということが重要です。ただし、どのようにつくるかというと、好きにつくるしかないというのがさっきの結論になる。そんなことのために、松下政経塾をつくったってしょうがないわけですね。

他人からの証明を必要としない何かがあるか

——実は本号の隠れテーマに「新しい世界の作られ方」というタイトルを設定しているのですが、新しい世界を作る感覚って「愛」ではなく「恋」だなって編集部で話したんですね。異性にふれたときにドバッーっと広がる世界、胸の高まり、非連続な感覚に教われるような状態。蓮實重彥は表象文化構築から映画批評、そして東京大学総長と多くの知を縦断してこられましたが、ある種の「恋」性というか、言葉にはならないようなその美しい瞬間を、一貫して応援してこられたような気がしています。蓮實重彥にとっての「恋」とは何でしょうか。

蓮實　私は、何を題材にするにせよ、「それが存在していることの色気に惹かれないものに関わりたくないし、それについて語る気もしない」と思っている人間です。理由もわからぬままに、視線の対象から不意に色気がぱーっと立ちのぼる瞬間があって、その色気というものを何とか凝視しようとして行動してきました。私の見方によってその対象が色っぽく見えるのか、それとも、私自身がそれを色っぽいと思っていたのではないのに、「あっ、そういう色っぽさもあったのか」と不意に思わせてくれるのか、そのどちらであるのかはいまでもはっきりとはわからない。ただ、少なくとも、物を書いたり、物を考えたり、ものをつくったりする人たちからその色っぽさを消したら、この世界の魅力の九〇%くらいは減ってしまう。副学長、総長として東京大学の経営にかかわった六年間は、大学というものを色気のある生きものにしたいという思いがつねにありました。

なぜ私が政治が嫌いかというと、過去半世紀ほど、「この人は色っぽいな」と思えた政治家が日本にも世界にもほとんどいなかったからです。直接そのスピーチを耳にして例外的に色気を感じたのは、日本では村山富市元首相、合衆国ではブッシュ時代のパウエル国務長官、フランスではミッテラン元大統領に限られています。彼らが優れた政治家であったかどうか、その評価は差しひかえておきます。しかし、彼らの言葉には、否定しがたい魅力がそなわっていた。世界的に、そうした色気を漂わす構造の外部に政治が行ってしまったと思わざるを得ない。ですから「政治家に民意を託すのは、もうやめましょう」というのがいまの私の正直な気持ちです。おそらく、投票したって胸はときめかないという、ある種の諦念のようなものが誰にもあらかじめあるはずです。「それなら、なぜ投票するのか?　投票を一斉にやめましょうよ」という気持ちを否定しきれません。投票権を行使したってアメリカを見てご覧なさい。民主党と共和党という二つの政党しかないのだから、結果の単調さは目に見えている。また、地球規模でいっても、合衆国大統領が民主党であろうが共和党であろうが、ほとんど重要性を持ちません。「大統領選挙なんて退屈な儀式をいつまで本気でやってるの?」という思いが非常に強い。オバマ氏が当選したときに日本のマスメディアは大騒ぎしましたが、民主党も共和党も合衆国を変えられないというのは明らかだったはずです。私はオバマ氏の就任演説をテレビで聞いて、暗澹たる思いに誘われました。テレビという媒体は、あらかじめ色気を排して成立している。テレビ映りがよいということは、それだけで色気を自粛しているからです。そもそもテレビのカメラ担当の技師は、だれも自分の撮っている画面が見る者の心をときめかすだろうと思ってはいない。ところが映画のキャメラマン仕事には、「えっ?」と思う瞬間が決まってまぎれこんでいる。

――メディアや体制を語る上での「色気」という言葉使いが独特ですね。

蓮實　政治からその種の色気がなくなったのは、ジョン・F・ケネディからだと思う。彼は、なぜか優れた大統領だと思われていますね。しかし、いまでもはっきり覚えていますが、ケネディが大統領選に出馬する直前、彼のインタビューがニュース映画で流れて、それを八重洲口のニュース映画専門館で見たことがあります。そのときのケネディのしゃべり方にげんなりさせられました。まだ発声法のコーチにつく以前で、ひたすら早口で平板で軽薄きわまりないしゃべり方をしており、こんな若造が大統領になったら、アメリカはもうおしまいだと思うくらいでした。しかし、あの程度の人間が、父親の権力意志を体現するためだけに必死に大統領になろうとしているといった構図をメディアが批判なく受けいれてしまった。このころから、世界の政治家に色気がなくなっていったんじゃないかなという気がしている。

ですから、私の政治不信は長い歴史を持っています。それこそケネディですから六〇年代の前半、もう半世紀にわたって、政治家からは色気が失われてしまった。小泉純一郎氏が女性に評判がよかったとか言われていますが、あれは色気っていうものじゃあない。ある図々しさを破廉恥に貫徹したことで、テレビが期待している人物像におさまったただけです。

――なるほど。でも不思議なのは、たとえば政治のみならずテレビというものを見ても、世の中の人々の人気、つまりポピュラリティをとっているわけですよね。色気は、本当は花は引きつけるわけでしょう。なぜポピュラリティをとっているものにかぎって色気を感じられなくなるものが多いのか。

蓮實　それは誰もがあまり「変わりたくない」からです。「あっ、これ何だろう?」と思って未知の何かをさぐることより、テレビ画面で「ああ、この人、また同じことをやってる」と思ったほうが安心できるのではないでしょうか。テレビは、くり返しによる「慣れ」が価値を持つ変化を排したメディアです。テレビを見てて不快なのは、撮っている人たちの側に、この程度でよかろうという現状維持の精神が画面を自堕落に彩っているからです。連中は、冷笑しながら撮っているのか、それとも冷笑すら忘れて日常を維持しているだけなのか。

世の中にわからないことも多々あるのだから、すべてを易しく説明したら、そこには必然的に嘘がまぎれこむ。これはテレビだけのせいではないのかもしれませんが、いまでは平易に説明することが美徳のように思われています。しかし、それは、易しく説明できるものを易しく説明しているだけのことで、その説明によってあなたは一切変化することがないし、世界の大部分は説明されぬまま残されます。問題は、「その変わらない自分をあなたは愛せますか?」ということだと思います。みんなが、変わらない自分をどこかで愛しているんじゃないでしょうか。にもかかわらず、自分がまぎれもなく変化する瞬間がある。その変化を変化とは思わせない風土がマスメディアの周辺には立ちこめている。しかし、教育とはまさに変化を誘発する体験であるはずです。例えば、官僚の世界を見ていると、色気なんかあっちゃまずいわけです。個人的に魅力的な人材はたくさんいるのに、組織としては色気を自粛する。それは、彼らの書く報告書にあらわれています。政治家が読みあげる答弁にもあらわれていますが、「それでいいのか?」と感じている官僚もいるはずです。でも、それは声としては響きません。

――色気って、いまは立ち上りにくい世界なんですかね。あるいはどこか他の場所で、立ち上っているんでしょうか。

蓮實　いや、立ち上りにくいということはないと思う。だれが表舞台に立つかというと、どうしても企業の経営者や政治家や官僚であったりして、色気がやっぱりあってはいけないんでしょうね。大学も企業も官僚も、報告義務だけで色気がなくなっていく。要するに会議への出席だけではなく、会議のために資料をつくることや、会議での議論を伝達することだけが仕事だと思われているかぎり、色気など匂いたちようもない。

――先日、MITメディアラボ創設者のニコラス・ネグロポンテさんとお話しする機会があったのですが、彼が言うには創造性というのはほとんどの大きな組織では「四分の一」しか使われていないと。なぜなら、まず組織の実に二分の一の人数が「管理職」で、管理するための会議とかそういうもので何もやっていない。そして、少なくとも、残りの半分がちゃんと創造性を発揮できればいいんだけど、その半分の時間を「管理されるための報告業務」にとられるから、結局四分の一だと。これを変えたいということをおっしゃっていて、博報堂でもそうですけど、大学もやっぱりそうですか。

蓮實　まったく同感です。会議のための会議、これを五〇%軽減するだけで日本も大学も国会もかなりよくなるんじゃないですか。会議自体、そんなものは真の仕事ではないと意識して行わねばならない。国会での諸委員会の質疑応答だって、あんなもの彼らの真の仕事ではない。国会議員がしなければならないことは、立法府にふさわしく法律をつくることです。法律をつくらないで政局がらみの議論ばかりしていても意味はない。しかも、いまの国会は違憲状態なのですから、一刻も早くそれを脱するための法律作りをしなければならないはずです。

実際、いまはいたるところで創造性を発揮しまいとする議論ばかりが空転している。ただ、科学の領域には創造性がみなぎっています。特に物理学や化学の領域には、色っぽさが漂っているように思えます。政治を考えることよりは、大学の優れた物理学者なり、化学者なりに会っているときの方が、「この人は色気があるな」という感じが強くします。創造性とは、まさに色気を発揮できるか否かにかかっているのです。

この一〇年間くらい、日本は落ち込んだとよく言われていますが、これほどたくさんの日本の科学者がノーベル賞を取ったことはかつてありませんでした。なかなかノーベル賞が取れずにいる中国や韓国が、どうして日本ばっかりとうらめしそうに文句を言っていますが、これは、日本の大学に優れたエレメントがあったからだと思う。科学の領域において、日本がこれほど輝いている時期はかつてなかった。この分野で、日本はきわめて元気なのです。ことによると、元気すぎるとさえ言えるかもしれません。それから、映画の世界においても、国内ではあまり知られていませんが、つい最近、黒沢清監督の回顧特集上映がパリのシネマテークで行われた。それから、吉田喜重監督だって、世界の至るところでレトロスペクティヴが開催されている。例えば、ある映画作家がカンヌやヴェネチアの国際映画祭で賞を取ることは一種の賭けであって、審査員次第でくだらない作品が受賞することもしばしばです。しかし、世界的に回顧特集上映が行われることは、賭けとは無縁の確かな評価なのです。そうした会場でレトロスペクティヴが開催されることは、真の国際的な評価を意味します。

こうして見ると、日本の科学はきわめて元気でしょう、映画も対外的に見ればきわめて元気です。サッカーだって、野球だって、男女のフィギュア・スケートだって、才能豊かな若者がかつてない活躍ぶりを見せている。高橋大輔が氷上に行きわたらせる存在の色気には、世界が魅了されている。そんな日本が元気がないなんて、間違っても言えないはずです。

——なるほど。

蓮實　ところが、それを元気と言う人々はむしろ少数派で、円高で輸出がのびないから「元気ない」という考えが、奇妙に共有されている。それに対しては、「何言ってんだ。こんな日本が元気だった時代がいままであったの？」と問い返すべきなんです。円高だって、相対的に「円」が信頼されていることの証拠なのですから、それを積極的にとらえねばならない。

——僕らの根底にあるもう一つの疑問で、人間の本質と文明の進化についてお伺いしたいんですけど、養老孟司さんの下にずっといた布施英利さんという解剖学者で、藝大で教えていらっしゃる先生が言うには、脳や身体を研究していると五万年ぐらい脳も身体もあまり変わらないんじゃないかと。つまり、僕らが生理的に持つ感情、恋をするとか、最初にわき毛が生えたときの思春期の迷いとか、親への反抗とかも、実はあまり変わらないのではないかと。

一方で、文明だけは、ある種の投企性を持って進化をずっとしている。僕らは新しいものを見るとドキドキするし、なにか非連続なものに触れたいという欲求があるのではないかと考えているんです。そこで、人間の本質と文明の進化という変わるものと変わらないもの、これらは乖離すればいいのか、たぐり寄せればいいのか、殴ればいいのか、ハグすればいいのか、そこの感じというのをどう捉えればよいのでしょうか。

蓮實　文明が進化しているかどうかはともかく、ある一人の人間が、この瞬間に自分は間違いなく変化したという神話を持てないと生きていけない。例えば、フランス人の多くは、フランス革命があったから自分たちは生きて行けるのだと思っている。しかし、あんなに陰惨なテロルの後に、よく平気で生きていけるねと思う人がいても不思議ではない。昨日までの仲間の首を平気でぽんぽんと切り落としちゃったわけですから。しかし、フランス大革命があったので、我々はいま、共和国を生きており、それがいまある文明を支えているということを、フランスはほとんど国家的に教育しているわけです。しかし、私は、フランス革命というものをどうしても全面的に肯定できない。それを肯定できない私は、文明の進化以前の心性の持ち主なのか、それとも文明の進化以降の判断力の持ち主なのか。

日本の場合、不思議なことに、テレビでほとんど薩長連合と新撰組の時代が明治以降の我々の生活を安定させたというかのような錯覚が流れとして作られている。それに坂本龍馬が加わりと、構図はほぼ完璧なものとなるかのようです。それはそれでいいと思います、その人たちがそう思っているなら。しかし、「本当かな?」ということを当然、個人でも集団でも考えなければいけない。フランス革命がつくった文明が絶対ではないように、あの寺田屋騒動の時期のことがあったから、いま我々が文明的に進歩したんだと思っている人がいたら、「本当かな?」ということを突きつけなきゃいけない。現代の文明とは、多かれ少なかれ常識化された神話です。それをどれだけ疑えるかということが大事なのではないでしょうか。

――恋の話から大きく迂回しましたが、これだけ広い「色気」を蓮實先生の言葉で定義するとどうなるのでしょうか。

蓮實　やはり、その人が存在しているということの、他人による説明を超えたあり方ではないでしょうか。ある人がそこにまぎれもなくいるということを、他人は何らかの形でいつでも説明したがります。主体と客体を安易に分断した上での、他人による支持や、他人による証明がある人を存在させているのだと考えられている。しかし、そんな証明書もなく、いかなる説明も必要とせず、ある人が、性別、国籍、年齢を超えて、そこにいるということが見えてしまう瞬間がある。その人が存在していることの色気を前にすると、もはや証明書は要りません。他人による説明も必要ありません。あなたは、まぎれもなく存在していますね、と言うしかない瞬間がそれです。さらに言うなら、それは「あなたは不気味なまでにそこにいますね」という驚きかもしれない。あるいは、脅えかもしれない。そのように存在していることの色気さえあれば、名前なんか覚えてもらう必要などありません。それは、まぎれもなく存在しているんだから。名刺なんか交換する必要ないですね、そのような人とは。あなたは、そのような人を前にして、何度驚き、何度脅えたか。その脅えと驚きとが、自分のまわりの世界の表情を変えてしまうのです。

聞き手：『恋する芸術と科学』編集長・市耒健太郎

11

映画の「現在」という名の最先端

1　執筆中の『ジョン・フォード論』について

――まず初めに私どものような小さな雑誌の書面インタビューに応じていただき、誠にありがとうございます。直接お会いしてお話を伺えればよかったのですが、それが叶わずとても残念です。二〇〇〇年に『監督 小津安二郎』が韓国語で翻訳出版されて以来、二〇一五年には批評選『映画の素肌』（韓国版タイトル、エモーション・ブックス）が、二〇一七年に『夏目漱石論』が、そして二〇一八年に鼎談集『映画長話』まで相次いで翻訳出版されました。二〇一八年には小説『伯爵夫人』の韓国語版も出版されました。

先生の膨大な書物のほんの一部に過ぎませんが、それでもいまは遅ればせながら韓国の読者がその批評に触れるようになりました。先生の文章を読みながら、はたして私は批評する能力と資格があるのかと挫折感を味わいそうになりましたが、その挫折感より学ぶことの方がはるかに大きかったので、先生に感謝の意も申し上げたいと思います。

以下の質問は先生の批評に触れながら私と同僚たちが気になっていたものの一部になります。恐れ入りますが、先生の数多い著書のすべてにまだ接することができずにおり、また読み終えたとしてもすべてを理解しきれないことから愚問を発することもあるかもしれませんが、どうかご理解いただけますようお願いいたします。

蓮實　頂戴した質問状に目を通しながら、なぜか年来の知人から親しく声をかけられたような気がしてなりませんでした。もちろん、それは愚かな錯覚にすぎず、ホ・ムニョンさんを初め、『FILO』の編集部のどなたともこれまでお逢いしたことはありません。にもかかわらず、映画においては、しばしばこうした錯覚に陥りがちなのです。それは、ある作品に接するとき、そこに間違ってもわたくしの感性を逆なですることのない穏やかなやり方でその肌触りを楽しんでおられる方々が、国籍、年齢、性別を超えて、この世界には間違いなく存在しているという悦ばしい事態にほかなりません。

自分と同じ作品を擁護する人びとが離れた世界にも存在しているという、ひそかな仲間意識からくる確信ではありません。そうではなく、その人の映画の素肌への触れ方が自分に快い刺激を与えてくれそうな男女とふとめぐり会ったかのような至福の体験が、ここで問われているのだといったらよいでしょうか。そうした感性の持ち主と遭遇しえたことの幸福感が、わたくしにそのような錯覚をもたらしてくれたのでしょう。

ですから、本来であれば、そのような感性に恵まれておられるだろう『FILO』の編集部の方々を東京の拙宅にお招きして、親しく言葉をかわしあう機会が持てればどんなにかよかったろうにと思わずにはいられません。しかし、現在、家族に病人がおり、わたくし自身も健康上の問題をかかえて通院生活を余儀なくされているので、それも叶いませんでした。どうか、ご理解いただければと願っております。それでは、メールによるインタビューを始めさせていただきます。通訳のイ・ファンミさん、よろしくお願いします。

――何よりもまず、ジョン・フォードに関する著書のことが気になります。現在、進行具合はいかほどでしょうか。そして、いつ発売される予定ですか。この本の執筆にこんなに長い時間を要している一番の要因も聞かせていただけますか。

蓮實　全編が三章からなるわたくしの『ジョン・フォード論』は、その二章と三章はすでにほぼ書きあげられており、一〇年以上も前に発表されております。また、現在、序章と一章の三分の二ぐらいが書きあげられており、一章の残りの三分の一、そして終章を書き終えれば一応は完成したことになります。全編を読み直し、新たな加筆や細部の修正、そして全体的な調整などをするにしても、今年の終わりには完成するものと思っています。

では、なぜこれほどの時間がかかってしまったのか。それは、映画批評とは別の領域で、わたくしがフランスの近代文学を研究している学徒であることと深く関わっています。わたくしは、東京大学の文学部に在籍中から、一九世紀の作家ギュスターヴ・フローベール Gustave Flaubert の『ボヴァリー夫人』(Madame Bovary, 1856) を専攻しており、いまから半世紀以上も昔にパリ大学人文科学部に提出した博士論文も、その作家をめぐる論考でした。それから二一世紀のいままでには目も眩むほどの長い時間が流れていますが、ちょうどわたくしが七〇歳を迎えようとしていた二〇〇六年がたまたま『ボヴァリー夫人』の刊行一五〇周年に当たっており、フランスで大々的な記念事業が行われ、それを機にフランスの親しい仲間が開催した国際シンポジウムに招聘されていたので、そこでのかなり長めの発表原稿の執筆を含め、二〇〇〇年代には、フランスや合衆国の学会誌へのフランス語論文の寄稿に追われていました。

また、同時に日本語による『「ボヴァリー夫人」論』(筑摩書房、二〇一四) も用意しておりましたが、その前提として、「近代における散文のフィクション」とは何かをめぐっての理論的な考察をかさねておりました。あえて「長編小説」とは呼ばず、ここで「近代における散文のフィクション」と呼んだことが意味を持つ歴史的な文脈というものが存在しているからです。フランス語の長編小説にあたるロマン（Roman）とは、中世では、ローマ時代のラテン語が各地に散在していく過程で、フランス語のようにいわば俗化したラテン語で書かれた散文詩を意味していたからです。また、それ以降も、散文による物語は散発的に存在していましたが、そうしたものが近代的な意味での「長編小説」、すなわちロマン（Roman）とは無縁のものであることを示す目的で、あえて「近代における散文のフィクション」と呼んでいるのです。

『「ボヴァリー夫人」論』の前提として、わたくしにとってはきわめて意義深い著作である『「赤」の誘惑――フィクション論序説』（新潮社、二〇〇七）を刊行したのは、もっぱら近代に盛んになったジャンルとしてのロマン（Roman）、すなわち「長編小説」を、「近代」に生まれた定義しがたいジャンルととらえようとする意図があったからです。しかし、その間、フォードへの執念も断ちきりがたく、二〇〇五年の『文學界』の一月号と三月号に、のちに触れる『フォード論』の第二章、第三章となる文章を一応発表してはおりました。そのときは、愚かにも、『フォード論』と『「ボヴァリー夫人」論』を平行して書けるはずだと高を括っていました。しかし、年齢的にそれが不可能だと実感させられましたので、『フォード論』をいったん中断せざるをえないと決断したのです。

それ以後、『「ボヴァリー夫人」論』の執筆のため五、六年を費やし、ついに二〇一四年に刊行することが出来ました。つまり、二〇〇〇年代の前半から二〇一〇年代の中程までは、余儀なくフランス文学の研究に時間を費やさざるをえず、それがジョン・フォード論の刊行が大幅に遅れた主な原因なのです。

もちろん、その間、文芸雑誌の『群像』などに「映画時評」は毎月書いておりました。しかし、『「赤」の誘惑――フィクション論序説』や『「ボヴァリー夫人」論』の推敲と執筆は、映画を考えるために必須の迂回でもありました。それは、『ジョン・フォード論』の執筆にとって、まったく無駄ではありませんでした。というのも、映画と「近代における散文のフィクション」としての「長編小説」とは、まったく無縁のものとはいえないからです。ギリシャ以来の西欧の古典的な美学の伝統は、文芸のジャンルとして、「劇文学」、「抒情詩」、「叙事詩」の三つしか想定しておらず、したがって「近代における散文のフィクション」というものを、伝統的な美学では扱えなかったのです。だから、ほとんどの理論家たちは、二〇世紀にいたるも、「近代における散文のフィクション」を「叙事詩」の一ジャンルとしてしか扱いえなかったのです。

ところが、「近代における散文のフィクション」は「叙事詩」とはまったく異なるものです。実際、フローベール Flaubert には「散文は昨日生まれた」《La prose est née d'hier》という強い自覚があったのです。それは、ミシェル・フーコー Michel Foucault が『言葉と物』(Les Mots et les Choses, 1966) で述べていたあの「人間」l'Homme という、その生誕の時期を古典主義的な思考が機能しえなくなった一九世紀の初めと限定しうる一時期に捏造された新たな現実の誕生とほぼかさなりあうようにして、「近代における散文のフィクション」が初めて現れたものであります。すなわち、それは、古典的な美学の伝統では扱いかねる異端児というか、正統的な父親を欠いた私生児、西欧の伝統的な文化にとっては非嫡出子のようなジャンルだったのです。

映画もまた、西欧の古典的な美学の伝統によっては扱いかねるいわば私生児として誕生したものでした。だから、「民主主義」などのように、ギリシャ以来の伝統的な西欧的な思考体系によってものを見たり語ったりするものたちをかりに「人類」とするなら、「近代における散文のフィクション」は、視覚的なフィクションとしての「映画」もまた、いわゆる「人類の遺産」には組みこまれえないものなのです。それは、それまで存在していなかった「人間」なるものが捏造したいかがわしい私生児的な何ものかにほかなりません。だから、「散文のフィクション」と「映画」とは、その非嫡出子性において、どこかで通じあっているのだと思っているのです。

——『ジョン・フォード論』の各章のタイトルをいくつか教えていただけますでしょうか。私たちはすでに発表された文章の中から、「投げること」や「翻る白さの変容」が見出しになるのではないかと認識していますが……。

蓮實　すでに述べましたように、わたくしが現在執筆中の『ジョン・フォード論』は三つの章からなっており、それにかなり長い序章と終章がつくことになりますので、ある意味では五部構成と考えることもできます。ご指摘の「翻る白さの変容」は、三つの段落からなる終章の最後に来ることになるでしょう。また、「投げること」は、第三章「身振りの雄弁——ジョン・フォードと『投げる』こと」におさまることになります。

そこで、ひとまず全体の構成をお話ししておきます。すでに発表済みの「序章」（『文學界』、二〇一九年一二月号）は、「フォードを論じるために」の総題の下、「憎悪は増殖する」、「ブレヒト Brecht 的な映画作家?」、「盲目、あるいはバザン Bazin の『呪い』」の三つの段落からなっています。

第一章の総題はまだ決まっていませんが、「馬など」、「樹木」、「そして人間」という三つの段落からなっています。第二章は「『囚われる』ことの自由」というのがその総題で、三つの段落の題はまだつけてはいませんが、Iは「追跡による追跡の廃棄」、「『囚われる』こと、『奪還する』こと」、「幽閉と自由」となっており、IIは「論告と弁護」、「女王の最期、大統領の誕生」、「医師の受難」、「救出とその対価」となっています。IIIは「概念と主題」、「ジョン・ウェイン、この脆弱なヒーロー」、「『禁止』の力学と女性」、「撃つこと＝抱きあげること」という段落からなっています。

また、第三章の「身振りの雄弁——ジョン・フォードと『投げる』こと」は、これも三つの段落からなっています。その段落の題はまだついてはいませんが、Iは「上院議員と郵便バッグ」、「ラム酒、コイン、石ころ」、「変化への動体視力」からなり、IIは「知られざる／知られすぎた作家」、「文体と主題」、「火を灯すこと、マッチを捨てること」、「多様性」、「孤独な身振りと連帯」という段落を含んでいます。IIIを構成する段落は、「『投げる』女たち」、「幸運な石／不幸な石」、「孤独」、「透明と混濁」となっています。

まだ書いてはいない「終章」は部分的にフォードとセクシュアリティの問題を論じることに

なるでしょうが、そこでは、『これが朝鮮だ』(This is Korea, 1951) の撮影中にフォードが面識を得たという《a Korean Lady》にも触れるつもりですので、ことによると、今後新たな資料などについてお問い合わせをすることになるかもしれません。

以上が現在執筆の最終段階に入っているわたくしの『ジョン・フォード論』の構成です。もちろん、章立てやそれを構成している複数の段落の題名はまだ決定的なものではなく、最終的なテクストを出版社に渡すまでに、なお変化する可能性がないとはいえません。しかし、書物の構成を根本的にくつがえすような大幅な書きかえはなかろうと思います。

以上で、わたくしの『ジョン・フォード論』がどのような書物になるか、ほぼご理解いただけたかと思います。あるいは、かえって混乱させてしまったかもしれませんが、そうでないことを祈るのみです。

2 『市民ケーン』は真に偉大な作品か?

——実現に至るかはともかく、本の題材として書きたいと考えている監督がもうひとりいるとしたら、誰ですか。

蓮實　モノグラフィーとして書きたいと考えているのは、個々の監督というより、むしろある時代の肖像です。それは、『ハリウッド映画史講義——翳りの歴史のために』（筑摩書房、一九九三）という書物で部分的に実現されているものですが、いまなお興味深く思っているのは、四〇年代後半から五〇年代にかけてのハリウッドの製作体制の改新とその挫折そのものです。その時期は、マッカーシーイズムによるいわゆる「赤狩り」の一時期にもかさなっていますが、一方では、RKOから有為の新人監督たち、すなわちニコラス・レイ Nicolas Ray を『夜の人々』（They Live By Night, 1948）で、またジョセフ・ロージー Joseph Losey を『緑色の髪の少年』（The Boy with Green Hair, 1948）でデビューさせたプロデューサーのドーリ・シャリー Dore Schary の存在が重要に思われます。実際、彼のキャリアにはいまなお強く惹かれるものがあります。

ハワード・ヒューズ Howard Hughes にRKOを乗っ取られてMGMに移ってからの彼は、『ビッグ・リーガー』（Big Leaguer, 1953）でロバート・アルドリッチ Robert Aldrich の監督デビューに力を貸し——製作者としては名を連ねていませんが——、ヴェテランのウィリアム・A・ウェルマン William A. Wellman の『女群西部へ！』（Westward the Women, 1951）や新進気鋭のジョン・スタージェス John Sturges の『日本人の勲章』(Bad Day at Black Rock, 1955)、さらにはヴィンセント・ミネリ Vincente Minnelli の『バラの肌着』(Designing Woman, 1957)など、製作規模はさして大きくないものの、内容的にはきわめて充実した興味深い作品をプロデュースしています。もちろん、彼は、ジャック・ワーナー Jack Warner だのダリル・F・ザナック Darryl F. Zanuck などといったハリウッド最盛期のプロデューサーではなく、まさにその退潮期に Big Five の二つ、すなわちRKOとMGMとで、いわばハリウッドの喪の作業に従事していたという点でも、きわめて興味深い存在だと思っています。ところが、ドーリ・シャリーは合衆国においてもいまだ正当に評価されてはいないのです。

さらに、四〇年代から五〇年代にかけて活躍したプロデューサーとして、キング兄弟 King Bros. の名前を忘れることはできません。何よりもまず、モーリス Maurice、フランク Frank、ハイマン Hyman というこの三兄弟は、脚本家のフィリップ・ヨーダン Philip Yordan を起用したマックス・ノセック Max Nosseck 監督の『犯罪王ディリンジャー』(Dellinger, 1945)やジョゼフ・H・ルイス Joseph H. Lewis 監督の『拳銃魔』(Gun Crazy, 1950)、ウィリアム・キャメロン・メンジース William Cameron Menzies 監督の『南部に轟く太鼓』(Drums in the Deep South, 1951)など、封切り当時のわたくしのお気に入りだったB級の犯罪活劇や西部劇を製作したことで知られるプロデューサーですが、彼らの活動には、わたくし自身がそうしたB級作品に接した一九五〇年代から二一世紀の今日まで、強い興味をいだき続けています。六〇年代に入ってからは、日本の怪獣映画を買い付けてアメリカで公開したりしています。

もっとも、この二つの名前についてのモノグラフィーを書くつもりはありません。ドーリ・シャリーとキング兄弟については、いつか、何かの機会に回顧上映＝レトロスペクティーヴのようなものが開催できれば、などと考えているところですが、おそらくわたくしの年齢からして、それも無理でしょう。

――先生はジョン・フォード、小津安二郎、ジャン・ルノワールが映画史において最も偉大な監督だとおっしゃってきました。彼らは映画史一二〇年の前半期に活動した人々で、無声映画時代を経てきた人たちです。映画史の後半期には、この三人に匹敵するような監督はいないとお考えですか。もしそうであれば、その理由は個人的な才能の問題や時代の問題、もしくは環境の問題なのでしょうか、これについていかがお考えでしょうか?

蓮實　フォード、小津、ルノワールという三人をもっとも偉大な監督だといったかどうか、はっきりした記憶はありません。ただ、映画についてものを書き始めた一九七〇年代の初頭に、できればモノグラフィーを書いてみたい映画作家として、その三人の名前を挙げたような漠たる記憶はあります。それは、偉大さとは関係のない相性のよさの問題なのです。つまり、彼らは自分にも書けそうだという雰囲気のようなもの親しく漂わせてくれる作家たちであって、必ずしも偉大な作家として意識していたのではありません。

偉大な監督というのであれば、グリフィス Griffith もいるし、シュトロハイム Stroheim もいるし、ムルナウ Murnau もいるし、ドライヤー Dreyer もいる。それにラング Lang を加えてもよいでしょうが、いずれも文字通り偉大な作家たちです。しかし、わたくしの生まれるより遥か以前から活躍していたこうした真に偉大な作家たちについては、怖ろしくて書く手が震えてしまいます。ですから、これまで断片的にしか触れたことがありませんでした。日本でいうなら、溝口健二。彼も偉大な作家なのですが、どこかでこちらを誘ってくれているようなところもあるので、比較的に長い文章を書くことができました。

では、こうした真に偉大な古典的な作家たちに匹敵するような監督が「映画史の後半期」にあたるいま、いるのかいないのかといえば、いや、おります。間違いなく存在しています。ジャン＝リュック・ゴダール Jean-Luc Godard は、まぎれもなくそうした一人です。二〇一八年度の『FILO』誌のベスト・テンに彼の『イメージの本』（The Image Book, 2018）を入れなかったのは、わたくしがそれを見たのがかなり早い時期だったからという理由にすぎません。ただ、ゴダールの作品は、わたくしに書けと誘ってはおりません。むしろ、書くなと禁じているというか、書かれることに関してまったく無関心のようなところすらあります。だからこそ、そのつどその禁止の力学やその無関心にさからうように発言することの快楽を、彼の作品はわたくしに委ねてくれるのです。その意味で、ゴダールは「楽しい」作家だと思います。実際、『ゴダール革命』（筑摩書房、二〇〇五）以後も、彼の作品については、新作ごとに決まって論じております。

ゴダールとともに、いずれも一九三〇年生まれの三人組、クリント・イーストウッド Clint Eastwood、フレデリック・ワイズマン Frederic Wiseman などは、古典的な五人組とは別のかたちで映画史を支えるきわめて貴重な作家たちです。また、彼らとほぼ同世代にあたる胡金銓 King Hu やストローブとユイレ Straub et Huillet もきわめて重要です。そうした名前に続くものとして、侯孝賢 Hou Hsiao-Hsien、それから、惜しくも夭折してしまいましたが楊徳昌 Edward Yang、これも故人となったアレクセイ・ゲルマン Aleksei German など、挙げればきりがありません。そのとき、問題は二つあるように思えます。一つは、現在のハリウッドに、すでに挙げておいた偉大なる作家たちに匹敵すべき人材がいるのか、という問題。それから、ソ連、ロシア時代にはたしてそれに匹敵するような貴重な監督がいるのか、という問題です。

それは、映画史といえば決まって名前が挙がってくるエイゼンシュテイン Eisenshtein が、はたして本当に貴重な作家かという問題だといい換えてもかまいません。あるいは、オーソン・ウェルズ Orson Wells の『市民ケーン』（Citizen Kane, 1941）は、真に偉大な作品なのかと問い直してもよいでしょう。『ストライキ』（Strike, 1925）や『戦艦ポチョムキン』（Battleship Potemkin, 1925）が興味深い作品である以上に、優れて貴重な作品であることはいうまでもありません。だが、それ以後の彼の作品は、はたしてそれ以上に重要でしょうか。どうも、そうは思えません。たとえば、『帽子箱を持った少女』（The Girl with the Hat Box, 1927）や『青い青い海』（By the Bluest of Seas, 1936）を撮ったボリス・バルネット Boris Barnet よりエイゼンシュテインの方がより重要な作家だといったい誰がいえるのでしょうか。あるいは、『ベッドとソファ』（Bed and sofa, 1927）や『未来への迷宮』（A Severe Young Man, 1935）を撮ったアブラム・ローム Abram Room よりエイゼンシュテインの方が重要だと、誰がいえるのでしょうか。いえないと思います。

また、『市民ケーン』は、今日的な視点からして、同じ年に撮られたプレストン・スタージェス Preston Sturges の『レディ・イヴ』(The Lady Eve, 1941)やヒッチコック Alfred Hitchkock の『スミス夫妻』(Mr. and Mrs. Smith, 1941)、ハワード・ホークス Haward Howks の『教授と美女』(Ball of Fire, 1941)、さらにはラオール・ウォルシュ Raoul Walsh の『ハイ・シエラ』(High Sierra, 1941)などに較べて、決定的に優れているといえるのでしょうか。いや、いえないはずです。

二一世紀のわたくしたちにできることは、映画史的な視点から、エイゼンシュテインと『市民ケーン』の盲目的な絶対視を慎しみ、それらを相対化することにあるはずです。とはいえ、それは、エイゼンシュテインの後期の作品や『市民ケーン』を否定することを意味してはおりません。それにふさわしい位置に据え直すことが、むしろ彼らを映画史に生き返らせる有効な手段だと思っています。質問の意味からはややそれた答えになってしまったかもしれませんが、今日的な視点からして重要なことを述べたつもりです。

3 映画には適切な長さがある

——先生はマーティン・スコセッシよりスティーブン・スピルバーグの方が優れた監督だと何度かおっしゃったことがあります。個人的にはその見解に全面的に同意しますが、まだそれに抵抗するシネフィルも多いため、その見解やその理由についてご説明いただけないでしょうか。

――欧米の様々な映画雑誌では二一世紀が始まってから一〇年間のベスト・リストの最上位にデヴィッド・リンチの『マルホランド・ドライブ』が選ばれ、TVシリーズである彼の『ツイン・ピークス The Return』もやはり二〇一〇～二〇一九年のベスト・リストの最上位に選ばれました（『カイエ・デュ・シネマ』は二回ともに一位に挙げました）。リンチに対して批判的な見解を述べてきた先生にとってはやや戸惑いを禁じえない結果だったのではないかと思いますが……。

――『ツイン・ピークス The Return』の例からも分かるように、もはや人々はTVシリーズをシネマの範疇に含めることについてある程度は慣れてきたように見えますが、これに対する先生のご意見を伺えないでしょうか。また、ネットフリックスなどのストリーミング配信サービスが盛んになり、映画を劇場で鑑賞することが、もはや特権的な経験ではないという考えが一般化してきたようにも思えます。このことについてもご意見をお聞かせいただけますか。

蓮實 以上三つの質問は、ほぼひとつの問いに集約されると思われるものですので、まとめてお答えすることになります。それは、フォードをはじめとする古典的な大作家たちが引退を余儀なくされた一九七〇年代以降のアメリカ映画の現実、ならびにそれに対する世界的な評価とわたくしの評価との齟齬をめぐる質問だとも理解できるからです。それは、コッポラCoppola、スピルバーグSpielberg、スコセッシScorseseが活躍し始めた一九六〇～七〇年代のハリウッドをどう評価するかという問題と考えてもよいでしょう。彼らは、いずれも大学で映画を学んでから映画界と接触を持った最初の世代にあたっており、コッポラはカリフォルニア大学、スピルバーグはカリフォルニア州立大学、スコッセッシはニューヨーク大学を出たり、中退したりしておりますが、その点で、それ以前のハリウッドの監督たちとは知的な水準において大きく異なっているとひとまずいえるかと思います。もちろん、彼らの知的な水準が、フォードやホークス、あるいはウォルシュをはじめとする古典的な作家たちのほとんど肉体化された知性とはたしてどちらが真の意味で映画にふさわしいものかは、まったく別の問題なのですが……。

その中で、個人的な好みをいってしまいますと、わたくし自身はコッポラに一番親近感を覚えていますが、それ以前に解決しておかねばならない問題があります。一九六〇～七〇年代のハリウッドには、フォードやホークスやヒッチコックに次ぐ世代の監督たち、すなわち一九五〇年代から活躍し始めた優れた監督たち、すなわちドン・シーゲルDon Siegel、ロバート・アルドリッチ Robert Aldrich、リチャード・フライシャー Richard Fleicher などといった才能ある監督たちがまだ映画を撮っていました。合衆国においても、また世界の各国でも、この三人の作家たちに対する評価がどうも一定していません。というより、ほとんどまともに評価されたためしがないといえるかと思います。

　たとえば、アメリカの映画理論家であるデヴィッド・ボードウェル David Bordwell とクリスティン・トンプソン Kristin Thompson の『フィルム・アート——映画芸術入門』（Film Art—An Introduction, McGraw-Hill, 2004）は、あたかもそうした作家たちの重要性を無視するかの如く、彼らにはまったく言及していません。また、フランスの哲学者ジル・ドゥルーズ Gilles Deleuze の『シネマⅠ——運動イメージ』（Cinéma I, L'Image-Mouvement, Les Editions de Minuit, 1983）と『シネマⅡ——時間イメージ』（Cinéma II, L'Image-Temps, 1985）にも、彼らへの言及はまったく見られません。しかし、ドン・シーゲルについていうなら、『殺し屋ネルソン』（Baby Face Nelson, 1957）から『白い肌の異常な夜』（The Beguiled, 1971）をへて『アルカトラズからの脱出』（Escape from Alcatraz, 1979）へといたる彼の重要な作品群を無視して、どうしてアメリカ映画を語れるというのでしょうか。また、アルドリッチについていうなら、『キッスで殺せ』（Kiss Me Deadly, 1955）から『甘い抱擁』（The Killing of Sister George, 1968）をへて『傷だらけの挽歌』（The

Grissom Gang, 1971）や『カリフォルニア・ドールズ』（…All The Marbles, 1981）へといたる彼の重要な作品群を無視して、どうしてアメリカ映画を語れるというのでしょうか。さらには、リチャード・フライシャーについていうなら、『その女を殺せ』（The Narrow Margin, 1952）から『絞殺魔』（The Boston Strangler, 1968）をへて『アシャンティ』（Ashanti, 1978）へといたる彼の重要な作品群を無視して、どうしてアメリカ映画が語られるのでしょうか。一九七〇年代のアメリカ映画を、コッポラとスピルバーグとスコセッシだけに代表させてしまったら、貧しい構図が見えてくるに決まっているではありませんか。

現在準備中のものとして、インタビューをもとにわたくしの映画的な体験をふり返り、同時に映画といういかがわしい美学的な非嫡出子を思考するにはどうすればよいか、を論じた『ショットとは何か』（講談社、二〇二〇年刊行予定）という書物があります。全編が五章からなるその第一章は、「『殺し屋ネルソン』に導かれて」と題されています。それは、わたくしが高校、大学時代に熱狂した映画の中から、ドン・シーゲルとロバート・アルドリッチとリチャード・フライシャーの作品を選び、彼らの活劇の画面の生々しい現実をどう処理すべきかという問題意識に支えられた書物となるはずです。スコセッシに欠けているのは、まさしくショットの生々しさにほかならず、彼の画面は決まってそれに続く画面への触媒のようなものでしかない。にもかかわらず、一九七〇年代のアメリカ映画というと、コッポラ、スピルバーグ、スコセッシに代表されてしまいます。

わたくしは、すでに述べたように、その三人の中では、コッポラに強い親しみを覚えています。スコセッシと異なり、彼は自分自身より映画の方を遥かに信頼しており、それ故に、映画によって救われることがあるからです。映画を信頼するとは、同時に、映画には何ができないかに自覚的だということにほかなりません。スコセッシは、間違いなく映画より自分の方を信頼している。だから、映画で何でもできると確信している彼の撮った作品には、映画によって救われることがまずありません。したがって、ごく普通の場面が撮れない。あらゆるショット——構図、被写体との距離、アングル、その動き——が彼自身のやや粗雑な感性によって構成されているので、自分でも意識することなく撮れてしまったというみごとなショットが、彼の映画ではまったく不在なのです。

『タクシードライバー』(Taxi Driver, 1976) におけるマイケル・チャップマン Michael Chapman のキャメラは、たとえば同時代のアルドリッチの『傷だらけの挽歌』におけるジョセフ・バイロック Joesph Biroc のキャメラや、コッポラの『地獄の黙示録』(Apocalypse Now, 1979) のヴィットリオ・ストラーロ Vittorio Straro のキャメラや、マイケル・チミノ Michael Cimino

の『ディア・ハンター』（The Deer Hunter, 1978）やスピルバーグの『未知との遭遇』（Close Encounters of the Third Kind, 1977）などでキャメラを担当したヴィルモス・ジグモンド Vilmos Zsigmond に較べると、画質的に遥かに見劣りがします。被写体へのキャメラの位置や距離、あるいはその動きがにわかには正当化されがたいものばかりなので、作品から浮いてしまっている。そして、わたくしには理解しがたいのが、スコセッシがこうしたショットばかりを撮りながら、その画面の連鎖で映画が成立すると思っていることなのです。その後、ミヒャエル・バルハウス Michael Ballhaus にキャメラを託すようになってからは、やや画面が落ちつきを取り戻します。『エイジ・オブ・イノセンス——汚れなき情事』（The Age of Innocence, 1993）など決して悪くはなかった。しかし、最近、ロドリゴ・プリエト Rodrigo Prieto にキャメラを託してからは、またまともな画面がなくなってしまいました。『沈黙—サイレンス—』（Silence, 2016）など、ほとんどの画面が死んでいるとしか思えませんでした。

しかし、合衆国には、スコセッシ以上に過大評価されている監督たちが少なからず存在しております。たとえば、『ツリー・オブ・ライフ』（The Tree of Life, 2011）のテレンス・マリック Terrence Malick などがそれにあたります。画面設計と編集のリズムという点で、彼がマーティン・スコセッシよりも才能がある監督であるのは間違いありません。彼は、ごく普通のショットがごく普通に撮れる監督だからです。しかし、不幸なことに、彼は普通のショットとは異なる画面を撮りたがる。たとえば、『シン・レッド・ライン』（The Thin Red Line, 1998）の戦闘場面はみごとなものだといえますが、兵士の妻たちの挿話がその中に挿入され、いくぶんか非＝現実的なその光景がすべてを台無しにしてしまうのです。『ツリー・オブ・ライフ』にも同じことがいえます。一応は現実的な光景と呼ばれるものの中に、ときおり想像的な光景が挿入され、それが作品から画面の緊張感を奪ってしまうのです。わたくしがテレンス・マリックを信用できないのは、むしろそうした想像的な画面の挿入にこそ自分の作品の真価があるかのように錯覚している点によります。

ある意味で、彼は役者というものを信頼していないのかもしれません。役者への信頼とは、彼ら、彼女らの演技力を信頼することにとどまらず、彼ら、彼女らが画面上でおさまるフィクションとしての存在感に対する信頼にほかなりません。キャメラの被写体としての役者は、しかるべき芸名を持つ職業的な俳優でしかないはずなのに、撮っているうちにフィクションの人物としての枠を超えて、撮られることで未知の存在感を帯びてくる。そうした瞬間がテレンス・マリックの画面からは感じとれないのです。『ツリー・オブ・ライフ』の場合、ブラッド・ピット Brad Pitt やショーン・ペン Sean Penn がスクリーンで帯びるフィクションとしての否定しがたい現実性よりも、生まれたての赤ん坊の裸足の足の裏を見せることの方に遥かに力を注いでいるように見えてしまう。ちなみに、トッド・ヘインズ Todd Haynes の『キャロル』(Carol, 2015) のケイト・ブランシェット Cate Blanchett とルーニー・マーラ Rooney Mara の二人こそ、まさしく監督の役者たちへの信頼によって可能となった最近ではごく稀な例といえるかもしれません。

フランスの映画雑誌『カイエ・デュ・シネマ』(Cahiers du Cinéma) 誌が二〇一一年度のベスト・テンの二位に『ツリー・オブ・ライフ』を選んだとき、わたくしはこの雑誌に対して信頼をおくことをやめてしまいました。もっとも、その年の三位にイエジー・スコリモフスキー Jerzy Skolimowski の『エッセンシャル・キリング』(Essential Killing, 2010) が選ばれているので、まだまだ救いがありましたが、彼ら、もしくは彼女らがデヴィッド・リンチ David Lynch の『ツイン・ピークス The Return』(Twin Peaks: The return, 2017) を二〇一〇年代のベスト1に選んだことに、もはや驚きはありませんでした。彼らが「例外的」な作品を選びがちなことはすでに集団的に定着していたからです。逆にいえば、わたくしは決して「例外的」ではないごく普通の映画、たとえばジェームズ・キャメロン James Cameron 監督の『アバター』(Avatar, 2009) の方に遥かに親近感を覚えています。SFX を駆使していながらも、被写体である俳優たちへの、そして何よりもまず映画への信頼が画面から感じとれるからです。

そうした意味では、この時期のアメリカ映画としては、マイケル・マン Michael Mann 監督の『コラテラル』(Collateral, 2004) やジェームズ・マンゴールド James Mangold 監督の『ナイト&デイ』(Knight and Day, 2010)、トニー・スコット Tony Scott 監督の『デジャヴ』(Déjà Vu, 2006) などの方が、遥かに映画であることの困難と正しく向かいあっている作品として貴重なものだと思うからです。

『カイエ・デュ・シネマ』誌の二〇一〇年代のベスト・テンのランキングに戻れば、きわめて評価の高いアラン・ギロディ Alain Guiraudie 監督の『湖の見知らぬ男』(L'Inconnu du Lac, 2013) が、わたくしはどうしても好きになれませんでした。男たちは確かにしかるべき存在感におさまっていますが、人里離れた湖での殺人という思いつきそのものが頭脳の産物にすぎず、映画に対する信頼があまりに弱いと思うからです。水という素材と映画との関係は複雑きわまりないものがありますが、ストローブとユイレ Straub et Huillet の中編の傑作『ジャン・ブリカールの道程』(Itinéraire de Jean Bricard, 2008) でロワール河の水の生々しい存在感を見てしまっている以上、ギロディの湖の図式性を評価することはできません。映画と水との相性のよさを身をもって演じているのは、現代のフランスでは、『女っ気なし』(Un monde sans Femmes,

2011）、『やさしい人』（Tonnerre, 2013）、『宝島』（L'île au trésor, 2018）などのギョーム・ブラック Guillaume Bracぐらいしか思いつきません。現代のフランスで評価されるべき映画作家は、『ホーリー・モーターズ』（Holy Motors, 2012）のレオス・カラックス Leos Caraxをのぞくと、ギョーム・ブラックぐらいしか浮かびません。彼は、自分自身より映画の方を遥かに信頼しているように見えるからです。

――先生は映画の上映時間について誰より敏感な方だと思われます。「映画を作るということは上映時間という拘束を受け入れることだ」という主旨のお話をされ、九〇分という上映時間に対して特別な思いを示したこともありました。私たちは映画において上映時間というのはまだ付随的な問題にすぎないという考えから抜け出せていません。このことに関してもっと詳しいご説明を伺えないでしょうか。

蓮實　リュミエール兄弟 Louis et Auguste Lumièreの時代から、映画はすでに時間的な限界体験としてありました。まず、一巻のフィルムの長さに限りがあったことから、撮る側を拘束するものとしてそれが存在していたことはご承知だろうと思います。たとえば、リュミエールの時代は、上映時間は一分弱がその限界でした。ところが、リュミエール兄弟が世界各地に派遣したキャメラマンたちの幾人か、たとえば日本や南米などに派遣されたガブリエル・ヴェール Gabriel Veyre などは、その時間的な限界を充分に意識しながら被写体と向きあっていたので、それぞれのフィルムはみごとに完結しています。彼が撮った作品には、キャメラを廻している途中で終わってしまったという印象がまったくありません。リュミエールが世界各地にキャメラマンを派遣して撮らせたあのごく短い作品がいまなお鑑賞に値するのは、まさしくそのためだったと思っています。

また、ヒッチコック Alfred Hitchcock が『ロープ』(Rope, 1948) を撮る時期まで、一巻のフィルムはほぼ一〇分を超えることができませんでした。ですから、全編がワンシーン・ワンショットであるかに見えるこの作品には、さまざまな仕掛けによってそう見せるための細工が施されていました。しかし、今日のデジタル的な撮影方法によれば、こうしたフィルムの材質としての限界を遥かに超えた長さのショットを撮ることが可能となります。たとえば、アレクサンドル・ソクーロフ Aleksandr Sokurov の『エルミタージュ幻想』(Russian Ark, 2002) のように、非圧縮デジタルで一〇〇分ほどを記録できるハードディスクを使えば、全編をほとんどワンシーン・ワンショットで撮ることも可能となったのです。しかし、こうした技術面での進歩に、老齢のわたくしは到底ついて行けておりません。

そうした撮る側が感受する時間の限界体験とは別に、見せる側からの上映時間の操作というものが、それに特有の時間体験を観客に課することになります。とりわけ、一九三〇代から五〇年代にかけてのハリウッドでは編集権は製作者の側にあったので、プロデューサーが上映時間を決めていたケースがほとんどでした。たとえば、フォードの『荒野の決闘』(My Darling Clementine, 1946) など、撮影所長のダリル・F・ザナック Darryl F. Zanuck がほかの監督に撮らせたショットまで加えて編集したもので、フォードはそれを見たことがないとさえいっています。ジョージ・キューカー George Cukor 監督の『ボワニー分岐点』(Bhowani Junction, 1956) など、MGMの上層部がさんざん手を入れた結果、監督が納入したフィルムとはまったく異なる編集の作品としてそれは封切られたといわれています。しかし、作品の上映時間をめぐる製作陣のこうした恣意的な介在が、見るものを絶対的に拘束することになるのは間違いありません。この恣意性と絶対性との関係に映画の時間体験が露呈されることになります。どれほど恣意的に決められた上映時間であろうと、結果的には、それが観客を物理的に拘束することになるからです。

こうした状況を考慮するなら、これから映画を撮ろうとする人びとは、自分がその製作者であるか否かにかかわらず、語るべき物語のためにどれだけの時間が必要かという問いに、たえず敏感であるべきだと思います。自分が撮ろうとしている映画が九〇分か、一二〇分か、それとも一八〇分かによって、物語の分節の仕方が異なってくるし、ショットの挿入の仕方も、またデクパージュも異なってくるはずだからです。日本の若手の映画作家たちの作品を見せてもらったときにわたくしが最初に指摘するのは、七分長すぎた、九分は削れたはずだということなのです。短すぎる失敗作というものは存在せず、失敗作のほとんどは、きまって長すぎる作品だからなのです。

実際、クエンティン・タランティーノ Quentin Tarantino の『ワンス・アポン・ア・タイム・イン・ハリウッド』(Once Upon a Time in Hollywood, 2019) の上映時間一六一分は、彼自身が編集権を持っていながら、いくら何でも長すぎます。一四〇分もあれば充分だったでしょう。かりにわたくしがその製作者だったら、『デス・プルーフ in グラインドハウス』(Death Proof, 2007) の上映時間一一三分も、語られている内容としては上映時間一〇〇分を切れたはずですから、あと一五分ほどは短くできたはずだといっていいでしょう。そうすれば、観客に、もっと見ていたいという気持ちを起こさせることができたはずなのですが、最近の作品のほとんどは、そうした期待を起こさせてはくれません。むしろ、いったいいつ終わるのだろうかというきわめて不健康な問いばかりが見ている自分をいらつかせるのです。

わたくしが映画を見始めた一九五〇年代では、ほとんどの作品が九〇分で完結していました。さきほど挙げたシーゲルの『殺し屋ネルソン』はまさしく標準的で上映時間は八五分。これ以上長くても短くても、作品が異なるものになってしまうというぎりぎりの上映時間でした。他方、フライシャーの『その女を殺せ』は、まさにB級作品にふさわしく七一分で呆気なく終わる。この呆気なさがたまらないのです。アルドリッチの『キッスで殺せ』は比較的長いものですが、それでも一〇六分でぴたりと終わっています。この簡潔さを、タランティーノの『デス・プルーフ in グラインドハウス』の弛緩ぶりと較べてみて下さい。これはタランティーノの作品としては比較的短いものでありながら、やはりかったるく思えてなりませんでした。実際、現代においても、まともな映画作家のほとんどは、九〇分~一〇〇分で充分に語りきれる物語を撮っているはずなのです。ゴダールを見てごらんなさい。彼はほとんどの作品を九〇分で撮りきってみせています。しかし、最近のハリウッドの映画は、ほとんど一五〇分ほどのものばかりです。そんなとき、デヴィッド・ロウリー David Lowery は、その『さらば愛しきアウトロー』（The Oldman & the Gun, 2018）を九三分でぴたりと語り終えてみせる。さすが、と思います。

いうまでもなく、その上映時間の途方もない長さが正当化される作品もないではありません。たとえば、ジャン・ユスターシュ Jean Eustache の『ママと娼婦』(La Maman et la Putain, 1973)の上映時間二二〇分を長すぎるとはまったく感じませんし、テオ・アンゲロプロス Theo Angelopoulos の『旅芸人の記録』(O Thiassos, 1975)の上映時間二三〇分も長すぎると感じることもありません。また、コッポラの『地獄の黙示録』(Apocalypse Now, 1979)の特別完全版(二〇〇〇)の上映時間二〇三分も、決して長いとは感じません。ところが、さっきもいったように、タランティーノの『ワンス・アポン・ア・タイム・イン・ハリウッド』の上映時間一六一分は無駄に長く感じられてしまう。時間的に弛緩しているという印象を免れがたいからです。そのことをだれも指摘しないので、彼は増長してそれでよいと思っているのでしょうが、それは大きな問題だと思います。ですから、新人監督たちにとどまらず、タランティーノに対しても、たとえばアイダ・ルピノ Ida Lupino の上映時間七一分の『ヒッチ・ハイカー』(The Hitch-Hiker, 1953)を見てから映画を撮れといいたくなってしまいます。少なくとも、大学の映画学科などでは、上映時間に対するより真摯な意識を教えねばなりません。

4 ショットが撮れる、要注目の監督

——先生は、巨匠らのほかにも同時代のアメリカの監督たちにも特別な関心と愛情を示してきました。ジェームズ・グレイやウェス・アンダーソン、マイケル・マンはもちろんのこと、多くのシネフィルたちがあまり関心を持たないトニー・スコット、ジェームズ・マンゴールドの映画もよくベスト・リストに挙げてきました。彼らの世代より若いアメリカの監督の中で、特に注目している監督はいませんか？　ケリー・ライヒャルト Kelly Reichardt の映画を高く評価していることは存じており、また一九八〇年生まれのデヴィッド・ロウリー David Lowery 監督の映画『さらば愛しきアウトロー』（The Old Man and the Gun, 2018）、『ア・ゴースト・ストーリー』（A Ghost Story, 2017）、『セインツ―約束の果て―』（Ain't Them Bodies Saints, 2013）をすべて、その年のベスト・リストに選ばれていたのも非常に印象的でした。彼らに大きな期待を抱いているのであれば、それはどういった理由からでしょうか。

蓮實　この質問については、部分的にはすでにお答えした問題が含まれていますが、ほとんどの作品の上映時間がほぼ九〇分というデヴィッド・ロウリーの強みは、あらゆるショットが簡

潔きわまりないという点につきています。もちろん、ある被写体をどのようなショットに収めるかという問題に、正しい回答などありはしません。にもかかわらず、優れた監督たちは、被写体に向けるキャメラの位置やそれに投げかける照明、そしてその持続する時間など、どれもこれもがこれしかないという決定的なものだというかのように作品を仕上げてみせます。だから、正解はないにもかかわらず、見ている作品のショットはすべて完璧に思えるのです。こうした作品を撮る映画作家たちを、わたくしは、「ショットが撮れる監督」と呼んでいます。そして、ケリー・ライヒャルト Kelly Reichardt もまた、「ショットが撮れる」監督なのです。ウェス・アンダーソン Wes Anderson は、ストップ・モーション・アニメでありながらも、あえて完璧なショットを模して物語を語っています。この完璧なショットという概念がスコセッシには欠けているように思えてなりません。

現在、わたくしは、『ショットとは何か』という書物を準備しています。それは、インタビュー形式で語られる自伝的、歴史的かつ理論的な考察であり、全部で五章からなるその第一章は、「『殺し屋ネルソン』に導かれて」として『群像』二〇二〇年五月号に掲載されています。そこで述べられていることは、「ショット」とはあくまで実践的な問題であり、決して理論的に語られるものではないということなのです。被写体に向けるべきキャメラの位置に正解はないにもかかわらず、優れた監督は正解があるかのように撮ってみせるという点を、実例を挙げながら考察しているのです。

――一九七〇年代生まれ以降の欧州の映像作家の中では、ペドロ・コスタ、ホセ・ルイス・ゲリン、レオス・カラックスのほかによく言及している監督はあまりないように思えます。ペドロ・コスタと同じ世代、もしくはその下の世代の監督の中で注目している欧州の監督はいますか。フランスの監督アラン・ギロディについてはどのようにお考えですか（私と親しい仲間たちはどちらかというとギロディが大好きです）。

蓮實　ギロディについては、すでにお答えしてあります。これもまたすでに触れておきましたが、フランスの新人監督としては、ギヨーム・ブラック Guillaume Brac 監督を高く評価しております。彼もまた、ペドロ・コスタ Pedro Costa とは異なる意味で、「ショットの撮れる監督」なのです。ちなみに、『熱波』（Tabu, 2012）や『アラビアン・ナイト』（As 1001 Noites, 2015）などのミゲル・ゴメス Miguel Gomes は、どうもあまり好きになれません。彼も「ショットの撮れる監督」ではあるのですが、そのショットが、なぜか古典的な映画の意図せざるパロディーのように思えてならないからです。

――南米やアフリカの映画に関してはどうお考えですか。最近、アルゼンチンの映画がリサンドロ・アロンソ Lisandro Alonso、マリアーノ・リナス Mariano Llinás などによって注目を浴びていますが……。

蓮實　不幸にして、その二人の作品はまだ見ておりません。

――同時代の日本映画に対する韓国のシネフィルの関心が一時期は疎遠になりつつありましたが、濱口竜介、五十嵐耕平のような若手監督たちによりその関心が蘇りました。濱口竜介のほかに、先生が韓国の映画ファンにぜひ紹介したいと思う日本の若手監督がいるとしたら誰ですか。

蓮實　現在、わたくしが濱口竜介監督とともにもっとも高く評価しているのは、『きみの鳥はうたえる』（And Your Bird Can Sing, 2018）の三宅唱監督です。また、『嵐電』（Randen, 2019）の鈴木卓爾監督も、きわめて個性的かつ優秀な監督だと思っています。さらには、『月夜釜合戦』（The Kamagasaki Cauldron War, 2017）の佐藤零郎監督など、一六ミリのフィルムで撮ることにこだわるという点において興味深い若手監督もでてきています。また、近く公開される『カゾクデッサン』(Fragments, 2020) の今井文寛監督も、これからの活動が期待できる新人監督の一人です。

ドキュメンタリーに目を移せば、この分野での若い女性陣の活躍はめざましいものがあります。『空に聞く』(Listening to the Air, 2018) の小森はるか監督、『セノーテ』(Cenote, 2019) の小田香監督など、寡作ながらも素晴らしい仕事をしており、大いに期待できます。また、近年はあまり長編を撮れずにいましたが、つい最近、中編『だれかが歌ってる』(Someone to sing over me, 2019) を撮った井口奈己監督も、驚くべき才能の持ち主です。

——視野をアジアの方に広げてみましょう。アピチャートポン・ウィーラセータクンとワン・ビン以降、未だそれほど熱い注目を浴びている監督はいないようですが……。

蓮實　胡波 Hu Bo 監督の『象は静かに座っている』(An Elephant Sitting Still, 2018) にはひとなみに興味をそそられましたが、しばしば比較されるエドワード・ヤン Edward Yang に較べると、さほど才能ある作家だとは思えませんでした。なぜか、発想が文学的なものと思えてならなかったからです。もちろん、あいかわらずジャ・ジャンクーJia Zhangkeにもそれなりの興味を持っていますが、これまでの作品を超えるものを最近の彼が撮っているかといえば、どうもそうとはいえません。また、見るたびにもっと面白くなるはずだと呟いてしまうホン・サンスHong Sang-soo監督にも何とか興味を持とうと必死に努力しているのですが、これだけはどうもうまく行きません。それは、若くしてアメリカに渡った彼の作品のショットやデクパージュに、古典的なハリウッド映画への郷愁といったものがまったく感じられないからではないかと、むりやり自分自身を納得させているところです。それは、たとえば濱口竜介監督の演出には、間接的ながら古典的なハリウッド映画のショットやデクパージュへの郷愁のようなものが感じとれるのですが、才能を欠いているわけではない五十嵐耕平監督には、それがほとんど感じとれないということと無関係ではなかろうと思っています。わたくし個人としては、彼の『息を殺して』(Hold Your Breath Like a Lover, 2014)に、充分納得してはおりません。

ここで、いささか唐突ながら、ジャン=リュック・ゴダールを召喚したく思います。世界の批評家たちは、二十歳になったばかりのゴダールが、「古典的なデクパージュの擁護と顕揚」(《Défense et Illustration du découpage classique》, Cahiers du Cinéma, septembre 1952)というきわめて重要なテクストをハンス・リュカスHans Lucas名義で『カイエ・デュ・シネマ』誌に発表していたことの意味を、改めて問いなおしてみなければならないと思っているからです。ここでの若き批評家ゴダールは、編集長だったアンドレ・バザン André Bazin によって否定されがちだったデクパージュの概念をむしろ肯定的にとらえ、最終的にはハワード・ホークス Howard Hawks の擁護を目ざしていたのですから、ゴダールが「古典的デクパージュ」を過去の産物と捉えていたのでないことは明らかです。

実際、ハリウッドの「古典的デクパージュ」というものは、決して歴史的な「過去」に属するものではなく、不断の「現在」として、今日の映画をなおも刺激し続ける永遠の現象にほかなりません。映画における新しさとは、決まって生々しい「現在」としてある古典的なハリウッド映画との関係で語られるものだからです。そうした視点から、『FILO』にもしばしば登場しているエイドリアン・マーチン Adrian Martin 氏の重要な著作『ミザンセーヌとフィルムスタイル』(Mise en Scène and Film Style, Palgrave, 2014) と向かいあわねばなりません。その書物が、「古典的ハリウッドからニュー・メディア・アートへ」《From Classical Hollywood to New Media Art》と副題されていることの意味がきわめて重要だと思えるからです。エイドリアン・マーチンにおいても、「新しさ」が「古典的ハリウッド」との関係で語られていることに注目したいと思っているのです。あるいは、「古典的ハリウッド」とは、いまだ充分に「古くなってはいないいない」何か、すなわち、いつでも「現在」と接しあっている貴重なものだといえるのかもしれません。

わたくしがジョン・フォードを論じるときも、それとまったく同じ姿勢をとっています。小津安二郎を論じたときもそうでしたが、フォードや小津は、間違っても「過去」の偉大な映画作家ではありません。小津やフォードにかぎらず、ラオール・ウォルシュ Raoul Walsh でもホークス Howard Hawks でもウェルマン William A. Wellman でもかまいませんし、清水宏でも成瀬巳喜男でも山中貞雄でもかまいませんが、そうした「古典的」と呼ばれる作家たちの作品がいまでもわたくしたちを刺激し続けているのは、彼らがまぎれもない「現在」の映画作家にほかならないからです。それは、彼らの作品をかたちづくっているショットが、見ているわたくしたちを、決まって映画の「現在」という名の最先端と向かいあわせてくれるからなのです。

聞き手：ホ・ムニョン／『FILO』
翻訳：イ・ファンミ

あとがき

誰も聞いてくれないのであえて自分からいってしまうが、これまで上梓してきた書物の中で、とりわけ執着のあるものとそれほどでもないものとが、かなりはっきりと別れている。例えば『ゴダール マネ フーコー——思考と感性とをめぐる断片的な考察』（NTT出版、二〇〇八）など、まぎれもなくその前者にあたるものであり、それを十一年後に「増補版」として刊行する機会を持ちえたとき（青土社、二〇一九）、著者のこの書物への執着はさらに確かなものとなった。それは、NTT出版の季刊誌『InterCommunication』に連載されたテクストをもとにしている書物だったのだが、その連載中から、そのとき書くべき言葉とめぐりあった複数の瞬間を、例えばある晴れた日の午後の陽ざしだの、あるホテルに立ちこめていた夕暮れ近い空気感などを、いまもはっきりと記憶している。それは、おそらく、このテクストの執筆中から編集にいたるほとんどの時間を、編集者の本田英郎さんが、何とも微妙な距離感をもって支えて下さったことと無縁ではなかろうと思う。

そこで、ここに上梓する『言葉はどこからやってくるのか』についてだが、そのような題名の書物を刊行する意志など、著者はこれっぽっちも持ってはいなかった。あるとき、不意に本田英郎さんからメールが来て、著者自身が好んでいながら、まだどの書物にも収録されていないあれこれのテクストをもとにして新著が刊行できないものかと問われたのである。本田氏に全幅の信頼をよせている著者ではあるが、最初の反応はそれは無理だろうというものだった。ところが、未発表のテクストが数篇あることを告げたところ、それらを含めた書物の構想が知らぬ間にできあがってしまったのである。だから、この書物は、著者がほとんど介入することなく、知らぬ間にできあがってしまったような印象を持っている。

いま、「知らぬ間に」と書いたが、それは、本田英郎さんへのどこかしら「戦友」めいた親近感が著者にあったことが前提だったことはいうまでもない。とはいえ、メールの交換の過程で、いまここに著者となろうとしているわたくし自身は、ほぼ本田氏のご両親の世代にあたるものであることが明らかにされているのだから、「戦友」と呼ぶにはあまりにも年齢が離れすぎている。だが、文学においては、あるいは映画においてと書いてもかまうまいが、さいわいなことに、年齢の差などいっさい考慮されることがないのである。この「あとがき」を本田英郎さんに捧げようとするのは、そうした理由による。また、装幀を担当して下さった鈴木一誌さんにも、同じ思いを捧げたい。

二〇二〇年十月三日

著者

初出一覧

I

1 「三島由紀夫賞受賞挨拶」……二〇一六年六月二四日
2 「小説が向こうからやってくるに至ったいくつかのきっかけ――第二九回三島由紀夫賞受賞記念インタヴュー」……『新潮』、新潮社、二〇一六年七月号、
3 「せせらぎのバルト」……『ユリイカ』臨時増刊、「総特集 ロラン・バルト」、青土社、二〇〇三年一二月号
4 「零度の論文作法――感動の瀰漫と文脈の貧困化に逆らって」……『ユリイカ』、「特集 論文作法 お役に立ちます！」、青土社、二〇〇四年三月号
5 「署名と空間」……『Anywhere』、NTT出版、一九九四年
6 「『リュミエール』を編集する」……『書物の現在』、共著、書肆風の薔薇、一九八九年

II

7 「「革命」のための「プラットフォーム」」……『私が大学について知っている二、三の事柄』、東京大学出版会、二〇〇一年

8 「Sustainability」……『私が大学について知っている二、三の事柄』、東京大学出版会、二〇〇一年

9 「「AGS」をめぐる五つの漠たる断片的な記憶」……『AGSの記録』、東京大学AGS推進室、二〇二〇年

III

10 「学部の壁を壊しなさい」……『広告』vol. 三八九、博報堂、二〇一二年七月

11 「映画の「現在」という名の最先端」……韓国のインディペンデント映画誌『FILO No.13』／매거진 필로／二〇二〇年三―四月号に掲載、その後『考える人』（新潮社）にて日本語版が公開された。

＊本書では、それぞれの時期に、それぞれの場所・媒体で話され、書かれ、編集された個々のテクストの表記に原則として従っている。ただし、一部の表記の訂正や統一は新たに行なった（編集部）。

蓮實重彦（はすみ・しげひこ）

映画評論家、フランス文学者。一九三六年東京生まれ。一九六〇年東京大学仏文学科卒業。一九六五年パリ大学大学院より博士号取得。一九八八年より東京大学教養学部教授。一九九七年より二〇〇一年まで東京大学総長。一九九九年フランス政府「芸術文化勲章」を受章。主な著書＝『反＝日本語論』（筑摩書房、一九七七年／ちくま文庫）、『フーコー・ドゥルーズ・デリダ』（朝日出版社、一九七八年／河出文庫）、『映画の神話学』（泰流社、一九七九年／ちくま学芸文庫）、『表層批評宣言』（筑摩書房、一九七九年／ちくま文庫）、『映像の詩学』（筑摩書房、一九七九年／ちくま学芸文庫）、『映画　誘惑のエクリチュール』（冬樹社、一九八三年／ちくま文庫）、『映画はいかにして死ぬか』（フィルムアート社、一九八五年）、『ハリウッド映画史講義』（筑摩書房、一九九三年／ちくま学芸文庫）、『映画狂人』シリーズ（河出書房新社、二〇〇〇年―）、『「知」的放蕩論序説』（河出書房新社、二〇〇二年）、『監督 小津安二郎　増補決定版』（筑摩書房、二〇〇三年／ちくま学芸文庫）、『ゴダール革命』（筑摩書房、二〇〇五年）、『表象の奈落』（青土社、二〇〇六年）、『赤の誘惑』（新潮社、二〇〇七年）、『映画崩壊前夜』（青土社、二〇〇八年）、『映画論講義』（東大出版会、二〇〇八年）、『随想』（新潮社、二〇一〇年）、『映画時評２００９―２０１１』（講談社、二〇一二年）、『「ボヴァリー夫人」論』（筑摩書房、二〇一四年）、『伯爵夫人』（新潮社、二〇一六年、三島由紀夫賞受賞／新潮文庫）、『増補版　ゴダール　マネ　フーコー』（青土社、二〇一九年）、『映画への不実なる誘い　国籍・演出・歴史　増補新版』（青土社、二〇二〇年）など。また編集誌に、『季刊リュミエール』（筑摩書房、一九八五―一九八八年）、『ルプレザンタシオン』（筑摩書房、一九九一―一九九三年）などがある。

言葉はどこからやってくるのか

2020 年 10 月 23 日　第 1 刷印刷
2020 年 10 月 30 日　第 1 刷発行

著　者　蓮實重彥
発行者　清水一人
発行所　青土社

〒 101-0051　東京都千代田区神田神保町 1-29　市瀬ビル
［電話］　03-3291-9831（編集）　03-3294-7829（営業）
［振替］　00190-7-192955

装幀　鈴木一誌
組版　フレックスアート
印刷・製本　ディグ

ISBN978-4-7917-7319-0　C0095